王太子様の子を産むためには

秋風からこ

Karako Akikaze

レジーナ文庫

登場人物紹介
リオネル
バラディア王国の
王太子。誰にでも平等に
接する人格者で、
国民から愛されている。
なかなか世継ぎが
産まれないことを
ずっと思い悩んでいた。
アレット
王宮で働くメイド。
男爵の庶子で、平民の母と
ともに市井で育った。
真面目に働いていたが、
思いがけずリオネルの子を
身ごもってしまい……？

ユニス

王宮の侍女。
アレットのよき相談相手
になっている。

ドミニク

王族の主治医。
定期的にアレットの
健診をしている。

ユリウス

リオネルの従兄弟。
魔導学術院で
研究者をしている。

リュシエンヌ

リオネルの側妃の一人。
気が強く自信過剰で、
積極的にリオネルに
迫っている。

エルネスト

リオネルの幼馴染で、
優秀な側近。
軽そうな見た目に
反して、愛妻家な
一面も。

目次

王太子様の子を産むためには

1

今日は、王宮で半年に一度だけ催される特別な夜会の日だ。豪奢な大広間には美しく着飾った貴族たちがひしめき合い、話に花を咲かせている。

王宮で働くメイドであるアレット・ダンピエールは、給仕に片付けにと忙しく働く合間に、その中心にいる人物をちらちらと目で追っていた。

彼はこのバラディア王国の王太子、リオネル・バラデュール。まだ二十六歳だが、経験豊富な重臣たちに引けを取らず、行動力があり的確な判断を下すので、すでに国政に与える影響力は少なくない。

そのうえ、誰にでも等しく接する人格者で、老若男女問わず国民に愛されている。特に、その見目の麗しさから女性人気は絶大で、アレットもリオネルに憧れる女性の一人だった。

リオネルはメイドや下男といった下々の者にも礼や挨拶を欠かさない。アレットの同僚のエミリーなど、先日、床に落としてしまった雑巾を彼に拾ってもらったのだと自慢していた。

（リオネル殿下、今日も素敵だわ……）

アレットは一応男爵令嬢ということになっているが、実のところダンピエール男爵が平民の女に産ませた庶子にすぎない。末端貴族の中でも、さらに下層にいるのがアレットだ。

その証拠に、アレットは魔法が使えない。ほとんどの貴族が魔法を使えるこの国において、魔法が使えない人間はもはや貴族とはいえなかった。

だからアレットは、多くの貴族令嬢が行儀見習いとして働く中、純粋にお給金を稼ぐために下働きをしている。

アレットは、そんな自分がリオネルとどうにかなれるとは思っていない。ただ心の癒やしとして、憧れのリオネルを眺めているのだった。

真夜中を過ぎた頃に夜会が終わり、それからようやく後片付けが始まる。仕事が終わるのはかなり遅い時間になってしまうが、その分明日は丸一日お休みだ。

アレットは夜会が終わったあとの、この独特の雰囲気が好きだった。

参加者たちの熱気の名残が、そこかしこにたゆたっているような気がするからだ。

大きなイベントが無事に終わった安心感からか、働く者みんなになんとなく連帯感のようなものも生まれる。

雑然（ざつぜん）とした大きな広間からテーブルなどが片付けられ、もと通り美しく磨き上げられていく様（さま）は、なんとも言えない達成感を与えてくれた。

「アレット、こっちは終わったけど、もう帰れる？」

床の清掃をしていたアレットに声をかけてきたのは、同僚のエミリーだ。その後ろには、仕事が終わったのであろう他のメイドたちが数人見えた。みんなで一緒に王宮の別棟にある宿舎に戻るのだろう。

「床に料理のソースをこぼした人がいたみたいで、綺麗（きれい）になるまでもう少しかかりそうなの。先に帰っててくれる？」

「一人で大丈夫？　手伝おうか？」

「ありがとう。でも、本当にあと少しだから大丈夫よ」

「じゃあ先に戻ってるから。気を付けて帰ってきてね」

アレットはエミリーたちに「わかったわ」と返事をすると、また床掃除に戻った。

ついつい他の汚れも気になってかたっぱしから綺麗（きれい）にしていくと、あっという間に時間が過ぎてしまう。

仕事が終わったのは、午前二時も過ぎようかという頃だった。

広間から宿舎まではそれなりに離れているが、同じ王宮内。あちこちに寝ずの番兵たちもいる。夜中に女一人で歩いたところで危険なこともない。

アレットは心地よい疲労感を覚えつつ、欠伸を噛み殺しながら宿舎へ向かって廊下を歩いていた。

すると、前のほうに人影が現れた。

それは、遠目に見ても身なりがいいとわかる男性だった。ここからは客室も近いし、きっと夜会のあと王宮に宿泊することになった貴族だろう。

（もう少し近付いたら、脇に控えてやり過ごそうっと）

アレットはそれ以上のことは考えずに歩みを進める。だんだんと距離が狭まっていくうちに、相手の姿形がはっきりしてきた。

すらりとした細身で背が高く、薄茶色の髪に整った目鼻立ち。歳は二十代半ばといったところだろうか。

そこでアレットは、はっと気付く。

（あれはリオネル殿下……!?）

こんな夜更けに、お供も連れずに一体何をしているのだろう。

アレットは疑問を覚えるとともに、思わぬところで憧れのリオネルに出会えたことを嬉しく思った。

このまま歩いていけば彼とすれ違うだろう。こんなに接近できるチャンスはなかなかない。彼が近付くにつれて、心臓がドキドキと高鳴っていく。

普通であれば立ち止まって頭を下げ、リオネルが通り過ぎるのを待つのが礼儀だ。

しかし、よくよく見るとどうにも彼の様子がおかしい。ふらふらと蛇行しており、目も虚ろだ。

どうしようか悩んでいると、リオネルが足を縺れさせてよろめいたので、アレットは慌てて駆け寄った。

「殿下！　大丈夫ですか!?」

ぷうんと酒の匂いが鼻をつく。相当に酒を飲んでいるようだ。

リオネルの顔は上気しており、吐く息も荒い。

しかし、ただ酔っぱらっているだけではないような気がする。もしかしたら熱でもあるのかもしれない。

「恐れながら殿下、お加減が悪いのでは？　侍従を呼んで参りましょうか？」

アレットが手を差し伸べると、リオネルはいきなり彼女の細い手首を掴んで自身に引き寄せた。

「きゃっ！」

アレットの短い悲鳴を完全に無視して、リオネルは彼女を荷物のように持ち上げる。

「身体が熱い……。熱を鎮めてくれ」

「で、殿下!?　熱があるのならば、安静にしていたほうが……！」

アレットは突然の出来事に混乱するが、相手は王太子殿下。自分のような一介のメイドが怪我でもさせてしまったら大事だ。

アレットが抵抗できずにいると、リオネルは彼女をかかえたまま近くの客室の扉を開き、中をずんずんと進む。そしてベッドの前で立ち止まり、そこにアレットを放った。

乱暴に落とされたので、アレットは思わず身を硬くする。しかし、そこはさすがに王宮のベッド。大きく弾んだだけでまったく痛くはなかった。

（ふかふかだわ……。よく眠れそうなベッドね）

妙なところでアレットが感心していると、リオネルが夜会用のジャケットをもどかしそうに脱ぎ捨て、アレットに覆いかぶさってくる。

太ももに押し付けられたリオネルの下半身は熱を持っており、瞳は情欲に濡れている。

ここでアレットは、先ほどのリオネルの言葉の意味をようやく理解して、背筋が冷たく

なった。

（え、まさか、そんなことって……！）

薄暗かった部屋には、いつの間にかほのかに明かりが灯っていた。リオネルが魔法を使ったのだろう。

メイドに支給されるシンプルな黒いワンピースをリオネルによって乱暴にはだけさせられ、ボタンが弾け飛ぶ。ピリリと生地が裂けたような音もした。

飾り気のない下着が露わになると、リオネルはアレットの首筋に舌を這わせ、控えめな胸を布越しに強く揉みしだく。

「で、殿下……お願いです！　おやめください！」

アレットは最初、憧れのリオネルに会うことができて嬉しく思っていた。けれど、彼がまとったいつもと違う雰囲気に、気が付けばカタカタと手足が震え出していた。

かろうじて絞り出した制止の言葉も、彼の耳にはまるで届かない。それどころか、ワンピースの裾をあられもなく捲り上げられ、下穿きにも手をかけられる。

勇気を振り絞り、震える手でリオネルの胸をなんとか押し返そうと試みるものの、びくともしない。

（どうしよう。どうすれば。このままじゃ……）

「やだ！　やめて！」

必死になったアレットは、敬語を使うのも忘れて無我夢中(むがむちゅう)で叫んだ。

運よく誰かが近くを通りかかってくれないだろうかと。

しかし、その希望は儚(はかな)くもすぐに消え去った。

「静かにしていろ」

アレットの目を捉(とら)えたリオネルの瞳には、強い情欲が滲(にじ)んでいた。

今自分を襲っているのは、この国で国王陛下の次に偉い王太子殿下だ。誰かが通りかかったとしても、果たして彼を止めることができるのだろうか。それこそ、止められるのは国王陛下ぐらいだろう。

きっともう、どうしようもない。逃げられない。

脳裏(のうり)が悲しみに塗りつぶされていき、アレットは抵抗するのを諦(あきら)めた。同時に、次から次へと涙が溢(あふ)れてくる。

「ふ……うぅ……」

「それでいい。おとなしくしていればすぐに終わる」

秘裂を乱暴に嬲(なぶ)り、リオネルが強引に入ってくる。今までの人生で経験したことのないほどの痛みがアレットを襲ったが、それでも懸命に指を噛んで耐えた。

「……っ……つっ……」

リオネルの動きが止まり、アレットが息をついたのも束の間。破瓜の痛みがおさまらないうちに、リオネルは激しく腰を打ち付けてくる。

「っ……う……ああ！」

どれほど必死に耐えても、リオネルの腰が動くたびに、強く噛んだ指の隙間から呻き声がこぼれ出た。

ほんのわずかな……けれどアレットにとっては永遠とも思える時間が経った頃、リオネルがひと際荒々しく息を吐き、それと同時にアレットの中に熱いものが広がった。

とっさに思ったのは、リオネルは避妊をしているのかということだった。もしくは魔法でどうにかできるものなのだろうか。

性行為にも魔法にも疎いアレットにはわからず、不安な気持ちが押し寄せてくる。

そんなアレットの顔色を読み取ったのだろう。リオネルは彼女の中から出ていくと、自嘲気味に呟いた。

「心配は無用だ。どうせ子供はできない」

どういう意味か気になるけれど、アレットにそれを問う余裕はなかった。

恐怖で声が出なかったせいもあるが、そのあとすぐにリオネルが口付けてきたためだ。

舌を入れた激しい口付け。

何もかも初めてのアレットは呼吸の仕方もわからず、リオネルの唇が離れた頃には肩で息をしていた。

リオネルの呼吸も荒くなっていて、逞しい胸板が大きく上下している。

……やっと終わった。

そう思ったアレットに、リオネルは残酷な言葉を突き付ける。

「まだ足りない……。熱が鎮まらない」

そしてアレットは意識が遠のくまで、リオネルにその身を貪られた。

（……ここ、は……？　私……？）

アレットが気付くと、そこは見慣れないベッドの上だった。そして隣には穏やかな寝顔で横たわるリオネルがいる。

眉目秀麗とは、彼のためにある言葉なのだろう。

けれど、いかに端麗であろうと身体を汚されたアレットにとってはなんの慰めにもならなかった。

（リオネル殿下が、まさかあんなことをなさるなんて……）

呆然としたまま、なんとか首を動かして窓のほうに目を向ける。そこから見える空は白み始めており、自分はしばらくの間気を失っていたのだと気付いた。

アレットはなるべくベッドを揺らさないように、そろそろと身体を起こす。

「っ！」

その瞬間、身体のあちこちが痛み、股の間からどろりと何かが出ていく感触がした。

まさか月のものがきたのだろうか。

一瞬ひやりとしたアレットだったが、すぐにリオネルが放ったものだと思い当たる。

改めて昨夜の恐怖が蘇り、胸が苦しくなった。

今にも泣き出してしまいそうな自分を叱咤して、深呼吸をする。それを何度か繰り返すうちに、アレットは少しずつ落ち着きを取り戻していった。

身体は痛むが、早くここから出たい。リオネルのそばにいるのは恐ろしいし、自分にはボタンが弾け飛んだお仕着せしかないのだから、夜が明けて人が多くなる前に部屋に戻らなければ。

震える手足を動かして、なんとかお仕着せを身にまとうと、アレットは部屋をあとにした。

身体のあちこちがきしんで思うように歩くことができず、苦労しながら自室へ向かう。

途中、何人かの番兵を見かけたが、なんとかその目をかいくぐりつつ、部屋にたどり着くことができた。

アレットはべたついた身体を念入りに清め、部屋着に着替えてベッドに倒れ込む。

すると気が緩んだのか、涙がじわりと目に滲んできた。

リオネルはなぜあんなことをしたのだろう。

見目麗しく、未来の統治者として優れた能力を持ち、国民に愛されている王太子。彼が即位すれば必ずや賢君になるだろうと噂されている。

そんな彼が、メイドを無理矢理手篭めにするなどと誰が思うだろうか。

それに、彼には五人もの美しい側妃がいたはずだ。彼女たちと違って、ただの平凡なメイドであるアレットには男性を誘惑するような魅力はないと言っていい。

きっとアレットが昨夜のことを誰かに話したところで、信じてはもらえないだろう。

むしろ、虚言と決めつけられて牢に入れられてしまうかもしれない。

やり場のない悲しみと恐怖で、アレットの心の中はぐちゃぐちゃだった。

……でも、それも仕方のないことだ。

相手は王族で、自分は一介のメイドにすぎない。その身分には天と地ほどの差がある。

自分は運が悪かったのだ。天災にでもあったと思って諦めるしかないのだろう。

幸いにして、命は無事だ。

アレットは目が覚めたら全て忘れると決め、眠りにつこうと試みる。

身体は疲れ切っているはずなのになかなか眠ることができず、アレットはしばらくの間、ベッドの上で悶々と過ごした。

2

「うぅ……」

リオネルはひどい頭痛とともに目を覚まし、思わず呻き声を上げた。

（ここはどこだ……？）

酒を飲みすぎたせいだろうか。昨夜の記憶は、靄がかかったように曖昧だった。

寝ぼけた頭で辺りを見回す。見慣れない客室に、乱れたベッド、散らばった自分の服。

そして何も身につけていない自身の身体を見て、唐突に全てを思い出す。

（そうだ昨日は……）

リオネルは信じられない気持ちで、昨夜の行いを思い返した。

王宮で半年に一度催される夜会。リオネルは次々と話しかけてくる出席者の相手をしながら、内心でため息をついていた。

彼はこの夜会に心底嫌気がさしている。

まずは社交界デビューする若き貴族令嬢たちとのダンス。これは王太子としての務めであるが、要は体のいいお見合いのようなものだ。

そしてここぞとばかりに自分の娘を売り込んでくる貴族たちの相手。古狸があの手この手を使って自分の娘を後宮に送り込もうとしてくるので、令嬢たち本人よりもタチが悪い。

さらには、近頃ではあまり会うこともなくなった五人の側妃との会話も辛かった。

これら全ての面倒事の原因は、まだ自分に世継ぎがいないことにある。

リオネルは十八歳になって成人するとともに、三人の側妃を娶った。そして二十六歳になる現在までにさらに二人が加わり、計五人の側妃がいる。けれどその八年もの間、誰一人として懐妊していない。

一般的に位が高い貴族ほど強大な魔力を持ち、それに反比例して妊娠する確率は低くなる。その最たる王族は、さらに子供ができにくい。とはいえ、五年以上経っても世継ぎができないのは珍しく、由々しき問題でもあった。

リオネルも最初は嫁いできた妃たちを大切にし、周囲の期待に応えようと頻繁に後宮に通っていた。

しかし四年、五年経っても子は一向にできず、リオネルは焦りを覚えるようになった。

自分には子種がないのではないか。

このまま後宮に通い続け、子ができなければ、それが証明されてしまう。

――その恐怖は次第に大きくなり、リオネルの足は後宮から遠のいていった。

すると側妃たちは競うように己を飾り立て、なんとかリオネルをその気にさせようと露骨に媚を売るようになってきた。

しかしリオネルは、どうしても彼女たちを抱くことができなかった。

一方、リオネルが後宮へ通っていないと知った貴族たちは、新しい女を召し上げさせようと、躍起になり始めた。

こうして、ここ一年余りの間は悪循環に陥っていたのだ。

出席者たちの列が途切れ、近くに誰もいなくなった隙に、リオネルはこっそりとため息をつく。

ふと、くるくるとよく働く一人のメイドが目に留まった。黒い髪をひとつに括ってネットでまとめ、お仕着せを着ているなんの変哲もないメイド。

だが、彼女はにこにこしながら給仕をしている。派手な化粧をしているわけでもないのに、リオネルはそのメイドから目が離せなくなっていた。

（ああいう娘と、普通の恋愛をしてみたかった……）

派手な側妃たちとは正反対とも言える地味な娘だ。しかしリオネルには、彼女がひどく眩しく映った。

（……馬鹿なことを考えてしまったな）

リオネルは自嘲の笑みを浮かべ、そのメイドから無理矢理視線をそらす。

そうして長々と続いた夜会もようやくお開きになるかという頃。

引きとめる貴族たちに別れを告げて広間を抜け出したリオネルは、幼馴染で側近でもあるエルネストと、別室で酒を酌み交わしていた。

「おい、リオネル。飲みすぎだぞ」

「放っておけ。飲まずにやっていられるか」

リオネルはイライラとした気持ちに蓋をするように、強い酒を飲んでいた。

夜会のたびに側妃を、世継ぎをと言われると、自分が種馬にでもなったような気分だ。

——そもそも、自分には子種がないかもしれないというのに。リオネルは世継ぎ作りを半ば諦め、いざというときは従兄弟の子供にでも王位を継がせればいいと、投げやりになっていた。

「そう荒れるなよ。いつものことだろ？」

「……ユリウスの妻が懐妊したのはお前も知っているだろ？　そのせいで一層風当たりが強くなった」

ユリウスはリオネルの三つ年下の従兄弟だ。直系の自分ほどではないとはいえ、ユリウスも同じく世継ぎを求められ、プレッシャーをかけられていた。そして先日、ついに彼の妻が妊娠したのだ。

「なるほどね。王族というのは大変だなあ。僕はただの貴族で本当によかった。何より何人もいる妃をそれぞれ抱くなんて、僕にはできないよ」

ブローニュ公爵の子息であるエルネストは金髪碧眼の中性的な美男子で、いかにも軽そうな外見をしている。だがそれに反して大層な愛妻家だ。そんな彼には、妻以外の女を抱くなどということは考えられないのだろう。

口に出したことこそないが、そんなふうに想える相手を見つけることができたエルネストを、リオネルは羨ましく思っていた。

ふと頭によぎるのは、先ほど夜会で見たメイドの姿。自分も王族でさえなかったら……

とどうしようもない妄想が頭に浮かぶ。

「俺も好きで王族に生まれたわけではない。ったく他人事だと思って……」

そう言うとリオネルは自分で杯に酒を注ぎ、一気にあおった。

酒に溺れるのはよくないことだとわかってはいるが、一時の憂さを晴らすのにこれほど適したものはない。

明らかに飲みすぎているという自覚はありつつも、半ば自棄になっていて止められない。エルネストもリオネルの心中を察しているのか、心配そうに見守るものの、強いて止めようとはしなかった。

そろそろ自室に戻ろうかという頃、扉の向こうから男女が言い合う声が聞こえてきた。男性の声は護衛をしている近衛兵のものだが、女性のほうは……

リオネルが嫌な予感を覚えたと同時に扉が開かれ、一人の女性がずかずかと部屋の中に踏み込んでくる。

「こんなところにいらっしゃいましたのね、リオネル殿下」

「リュシエンヌ……」

部屋に入ってきたのはリオネルの側妃の一人、リュシエンヌだった。

リオネルはこの部屋に入る際、近衛兵に誰も入室させないようにと命じていた。職務を全うしようとした兵に止められたであろうに、リュシエンヌはまったく悪びれることなくリオネルの前までやってくる。

「今日の夜会であまりお話しできなかったので、探しておりましたの。もしよろしければこのあと、わたくしのお部屋で過ごしませんこと？」

　リュシエンヌは妖艶な微笑を湛え、傷ひとつない白魚のような指でリオネルの腕をつーっと撫で上げる。

　リオネルはもちろんのこと、エルネストまでもが険のある表情を向けているが、彼女はものともしない。

「申し訳ないが、今日はそんな気分ではない。下がってくれないか？」

「そんな、あまりにも冷たいですわ。……では、せめてここでお酒の一杯だけでも付き合ってくださいませ」

　リュシエンヌは大げさに悲しそうな顔をすると、次の瞬間には媚びた瞳でリオネルを見つめてくる。

　すでにリオネルの気持ちは冷め切っているが、相手は仮にも側妃だ。あまり強く拒むのも問題だろうと、リオネルはややあってから頷いた。

「……酒はもういい。茶の一杯でよければ付き合おう」

「まあ、ありがとうございます！　わたくしがお淹れいたしますわ」

リュシエンヌは大輪の薔薇が咲いたような美しい笑みを浮かべて喜びを表すと、そのままエルネストのほうを向く。

「エルネスト様。申し訳ありませんが、席を外していただけるかしら？　久しぶりにリオネル様と二人きりでお話がしたいの」

エルネストはリオネルのためにこの場に残ろうとしていたが、側妃にそう言われては退室せざるをえない。

「わかりました。では、殿下、リュシエンヌ様、失礼いたします」

親友であるリオネルに頑張れよと目くばせをして、エルネストは部屋を出ていった。

リュシエンヌは宣言通り自らお茶を淹れ、リオネルにそれを振る舞う。

リオネルはさっさとこれを飲んでこの場を去ろうと、熱いお茶の温度を魔法で下げ、失礼にならないよう数回にわけて飲み干した。

もしリオネルが素面だったのなら、リュシエンヌの行動やこのお茶の味に違和感を覚えたかもしれない。

けれど、相当酔いが回っていたリオネルはそれに気が付くことができず、おかしいと思ったときにはもう取り返しのつかないことになっていた。

（頭がぼーっとするし、身体がやけに火照る。一体俺はどうしたんだ……？）

どんどん動悸が激しくなっていき、喉の奥が痺れるような感覚になる。

酔っているのとは違う身体の異変にリオネルが気付いたとき、リュシエンヌが身を寄せ、しな垂れかかってきた。

目の前のリュシエンヌがひどく艶めかしく見える。

彼女はリオネルの腕に豊満な胸を押し付け、腹の辺りに手を這わせていく。それだけでリオネルの身体はびくんと跳ね、下肢に血液が集まってきた。

「殿下？　どこかお苦しいのではなくて……？」

リュシエンヌが心配そうな顔で言う。

リオネルは理性が飛びかけ、リュシエンヌを押し倒しそうになった。だが、顔を寄せてくる彼女からきつい香水の匂いがした途端、吐き気を覚えてその身体を押しのける。

その瞬間、リオネルに少しだけ理性が戻ってきた。

（媚薬を、盛られたのか……？）

酒と何かでにぶった頭を働かせ、なんとかその可能性にたどり着く。それと同時にリオネルは立ち上がり、足早に部屋の出口へと向かった。

「で、殿下!?　そんな状態で一体どちらへ？」

ない。

快感を求めて身体中で熱が暴れ回っているが、とてもリュシエンヌを抱く気にはなれない。

「部屋に戻る！」

リオネルは部屋を飛び出すと、ついてこようとする近衛兵にリュシエンヌを任せ、自室のほうへ向かった。

まんまと媚薬を飲まされてしまった自分に歯噛みしながら、リオネルは懸命に歩みを進める。

客室が並ぶ長い廊下に出たところで、前方からこちらに向かって歩いてくるメイドの存在に気が付いた。

王太子である自分が、メイドの前で弱ったところを見せるわけにはいかない。そう思ってふらつきそうになる足を必死で前に進めるが、意識が朦朧として足取りは覚束ない。

そしてついに、足が縺れて身体が大きくよろめいた。とっさに壁に手をつき身体を支える。そこへ、慌てたようにメイドが駆け寄ってきた。

「殿下！　大丈夫ですか!?」

覗き込んできたのは黒曜石のような黒い瞳。

リオネルはおぼろげな意識の中でも、すぐに気が付いた。

（あのときのメイドだ）

夜会で忙しく動き回り、生き生きとした笑みを浮かべていた黒髪のメイド。

リオネルが自分にはできない普通の恋愛を夢想（むそう）してしまった相手だった。

「恐れながら殿下、お加減が悪いのでは？　侍従を呼んで参りましょうか？」

彼女は心配そうに眉根を寄せている。

その顔にあまり化粧（けしょう）っ気はなかったが、きめの細かい白い肌に、薄く色付いた頬、ふっくらとした唇が妙に魅力的に思えた。

（触れてみたい）

そう思った瞬間、身体の奥に昏（くら）い炎（ほのお）が宿る。

気が付けばリオネルは、差し伸べられたメイドの細い手を掴（つか）み、自分のほうへぐっと引き寄せていた。

「きゃっ！」

短い悲鳴が聞こえたが、無視してそのまま小柄な身体を持ち上げる。

抱き上げたときにふわっと香ったのは、石鹸（せっけん）と彼女の体臭が混ざったような甘い香りだった。

リュシエンヌのまとっている香水の匂いには吐き気すら覚えたが、このメイドの香りはリオネルをどうしようもないほど滾らせ、わずかに残っていた理性をも奪っていく。

「身体が熱い……。熱を鎮めてくれ」

「で、殿下!? 熱があるのならば、安静にしていたほうが……!」

メイドは制止の言葉を口にするが、相手が王太子であるからか、暴れるようなことはなかった。

リオネルは、彼女をかかえて近くの客室に入る。魔法で部屋をほのかに明るくすると、メイドの身体をベッドにどさりと放り投げた。

そして素早くジャケットを脱ぎ、ベッドの上で呆然としているメイドに覆いかぶさる。ボタンを外す時間さえもどかしく、リオネルは怯える彼女の黒いワンピースを乱暴にはだけさせた。

簡素な下着に包まれた控えめな胸を見て、己の内で熱が高まるのを感じる。

側妃たちはいつも扇情的な下着を身につけていたからか、メイドのそれがひどく新鮮に映ったのだ。

いい香りのする彼女の首筋に欲望のままに口付け、舌を這わせ、胸を下着越しに揉みしだいた。

「で、殿下……お願いです！　おやめください！」

しかしリオネルはそんな懇願も無視して、彼女の下穿きに手をかけた。

メイドは震える手でリオネルの胸を押しているが、小柄な女性の力だ。日頃から鍛えているリオネルにはまったく効果がなかった。

「やだ！　やめて！」

メイドはいよいよ切羽詰まった声を上げ始める。

ほんのわずかに残った理性が、こんなことをしては駄目だと叫んでいた。しかし、露わになったメイドの肌に目が吸い寄せられる。彼女の白い肌を見つめるだけで、媚薬で高ぶった身体は、解放を求めて暴れ回る。

リオネルはそんな自分を抑え切れず、声を荒らげた。

「静かにしていろ」

リオネルの低い声にメイドはビクッと身体を震わせ、おとなしくなった。しかし今度は涙をぽろぽろとこぼし始める。

「ふ……うぅ……」

声を出さないように唇をきゅっと結んで、黒い瞳から涙を溢れさせている。

メイドの涙を見て、リオネルはわずかに怯む。しかしその泣き顔にさえ、欲情を煽られた。

「それでいい。おとなしくしていればすぐに終わる」

メイドの様子に後ろめたさを感じつつも、火のついた身体は止められない。彼女の瑞々しい裸体を貪るうちに、何もかも忘れて夢中になっていった。

激しく腰を打ち付け、込み上げる快感のままに吐精する。

リオネルが動きを止めると、メイドはぎゅっと閉じていた目を開き、やがて不安げな表情をした。きっと中で精を吐き出されたことを心配しているのだろう。

リオネルはメイドから自身を引き抜き、自嘲気味に呟いた。

「心配は無用だ。どうせ子供はできない」

衝動のままに触れたメイドの温もりは、とても甘美なものだった。そして行為を終えたばかりだというのに、自身がまた熱を持ち始めていることに気が付く。

リオネルは、メイドの唇に口付けた。激しい情事のせいで半開きになっていたその口に、舌を潜り込ませ、歯列をなぞり、彼女の舌を吸う。

しばらく貪ってから唇を離すと、メイドは息を止めていたのか、苦しそうに荒い呼吸を繰り返した。

そんな初心な反応に、リオネルの身体は再び熱くなる。

「まだ足りない……。熱が鎮まらない」

そうメイドに囁くと、リオネルは彼女が意識を失うまで何度もその身に欲を吐き出したのだった。

全てを思い出したリオネルは、後悔に苛まれながら、客室のベッドの上で痛む頭を押さえた。

そうだ。昨夜自分はメイドを連れ去り、無理矢理この部屋で……

（なんてことをしてしまったんだ！）

冷静になったリオネルは自己嫌悪のあまり、しばらくベッドから動けなかった。だが、ふとある可能性に気付き、慌てて夜具をめくる。

乱れたシーツには、予想通り血痕がついていた。しかも破瓜の血にしては多い。個人差もあるだろうが、これは自分が乱暴に欲望をぶつけたせいで彼女を傷付けてしまったからに違いない。

ぽろぽろと涙をこぼしながらも必死に痛みに耐えていたメイド。その表情を思い出すと、今さらながら犯した罪の重さに押しつぶされそうになる。

どうにか彼女に謝罪したい。

謝って許されることではないと重々承知しているが、かといって何もしないままでは気がおさまらなかった。

そう思うものの、生憎彼女の名前も所属もわからない。

リオネルは深いため息をつきながら、身支度を整えて部屋を出た。

一度私室に戻り、新しい服に着替えてから執務室へ向かう。

なんとか政務に間に合う時間に起きることができたのは、不幸中の幸いだろう。

執務室に入ると、すでに出仕してきていたエルネストが軽い調子で声をかけてくる。

「リオネル、随分ひどい顔だな。二日酔いか？」

「……それもある」

「それもって、他にも何か理由があるのか？」

「ああ。俺は、とんでもないことをしてしまった……」

「ははーん。さては酔っぱらった勢いで国宝でも壊したか？」

いつになく落ち込んでいるリオネルを見て、エルネストはからかうように言った。

「そのほうがよかったかもしれない」

「……国宝を壊したほうがましって、どんなことをしでかしたんだよ？」

さすがに冗談を言っている場合ではないと悟ったのか、エルネストは笑みを消し、うつむくリオネルの顔を覗き込んでくる。

「俺は昨晩メイドを……」

「メ、メイドを？」

「……無理矢理手篭めにした」

「……は？　……お前が？」

あまりに予想外な罪の告白に、エルネストは目を丸くした。

「一年以上も後宮に通わなかったと思ったら、メイドを無理矢理って……。そもそも昨夜はリュシエンヌ様と一緒にいたんじゃないのか？」

「お前が部屋を出ていったあと、リュシエンヌが淹れたお茶を飲んだんだが、おそらくそのときに媚薬を盛られた。酔っぱらっていて気付くのが遅れたんだ……」

「それじゃあなおのこと、そのままリュシエンヌ様と……」

「いや、リュシエンヌの香りを嗅いだ瞬間吐き気がして、すぐに部屋を飛び出した。そのあとメイドに会って、我を忘れて……」

「ああ、彼女、昨日もすごい香りを振りまいてたもんな……」

自己嫌悪に陥るリオネルに、エルネストが納得顔をする。そのあとリオネルが黙り込んでしまったので、エルネストは再び口を開いた。

「で、そのメイドはどうするんだ？　褒美をとらせて黙っててもらうか？　さすがに後宮に召し上げるなんてことはしないよな？」

「それが、名前もわからないんだ。朝起きたらベッドからいなくなっていた」

「………………」

エルネストは言葉を失った。いつも冷静なリオネルが、まさかこんな失態を犯そうとは。いや、あれだけ酔っぱらったあとに媚薬を盛られたのならば、昨夜の記憶があるだけでも幸いと思わなければならないのだろうか。

「いくら常ならざる状態だったとはいえ、自分でもバカなことをしてしまったと思っている。こんなことはお前にしか頼めないんだが……そのメイドを探してくれないか？　きっと、いや確実に深く傷付けてしまった。償いがしたい」

「わかった。彼女の特徴くらいは覚えてるってことだよな？」

落ち込んだリオネルをそれ以上追及することはせず、エルネストは優秀な部下の表情を浮かべる。

リオネルはそんな友を頼もしいと思いつつも、改めて自分の愚行を重く受けとめた。

そして昨夜のことを思い出しながら、メイドの特徴を告げたのだが……

「黒目黒髪、背は高くなくて、華奢ねぇ。そんなメイド、王宮にはたくさんいるよ……」

さすがのエルネストもお手上げとばかりに大きくため息をついた。

この国において、黒目黒髪の人間はさほど珍しくはない。それに加えて背は高くないとか、華奢（きゃしゃ）だとかいう主観的で曖昧（あいまい）な情報しかないとなると……

事情が事情であるゆえに、表立って探すこともできないので、かなり手間取りそうだ。

「なんとか調べてみるよ。できるだけ急ぐけど、少し時間がかかるかもな」

「すまない。本当は俺が自（みずか）ら動けたらいいんだが……」

「王太子様御自（おんみずか）ら動くんじゃ、さすがに目立ちすぎるからな。こういうときのために僕がいるんだろ」

「……よろしく頼む」

リオネルはエルネストに深々と頭を下げた。

「ちなみに、リュシエンヌ様のことはどうするんだ？」

「腹立たしいが、媚薬（びやく）を盛られたくらいで罰するわけにはいかないだろう。情けないことに証拠もないしな。今度会うことがあったら、もう二度とやらないよう個人的に注意するつもりだ」

「……妥当だな」

リュシエンヌは大層美しいが、気が強くてプライドが高く、なんでも自分の思い通りにならないと気がすまない、典型的なお嬢様タイプの人間だ。リオネルも前々から手を焼いていたが、今回のことはさすがに目に余る。

しかし、カノヴァス侯爵という重臣の娘であるため、下手に扱っていいわけではない。

今すぐ彼女をどうにかするのは難しいだろう。

とんでもないことになってしまったと、二人は同時にため息をついた。

3

アレットは寝る前に決心した通り、目覚めてからは何事もなかったかのように振る舞おうとした。

しかしふとした拍子に、リオネルにされたことが何度も脳裏をよぎってしまう。

そのたびにアレットは震える自分を叱咤し、忘れるのよと暗示をかけて、少しずつではあるが平静を取り戻していった。

そうして一か月が経とうとしたとき、アレットの身に異変が起き始めた。

身体が熱っぽくて食欲がなくなったのだ。

初めは風邪かと思い、多少無理をしながらも仕事を続けていた。

しかし数日経つとひどい吐き気に襲われるようになり、ついにはベッドから起き上がれなくなったのだ。

悪い病気にかかっているのであれば医者に行かなければならないが、今は身を起こすのさえ辛い。仕事を休んで一日中ベッドで寝ていた。

するとその日の晩、心配した同僚のエミリーがアレットの部屋を訪ねてきてくれた。

「アレット、大丈夫？　食欲がなくても食べられそうなものをいくつか持ってきたの」

エミリーはそう言ってスープやゼリー、果物を小机の上に置いた。

彼女のさりげない心遣いが嬉しくて、涙がこぼれそうになる。

「ありがとう。少しよくなったら食べてみる」

アレットは起き上がることもできず、申し訳ないとは思いながらもベッドに寝たままお礼を言った。

「それにしても、一体どうしちゃったのかしら。食あたり？　まさか妊娠ってことはないわよねえ？」

エミリーは首をかしげながら言う。

「ここまでひどくはなかったけど、この間妊娠して辞めた先輩が同じような症状に苦しんでいたのよねえ。でも、アレットは恋人もいないし……」

事情を知らない彼女はのんびりとおしゃべりを続けるが、アレットは心臓が止まるかと思うほど動揺していた。

忘れようと思って考えないようにしていたからか、それともリオネルが子供はできないと言っていたからか、その可能性はまったく想定していなかった。

(そういえば、前の生理はいつだったっけ?)

きちんと周期を把握しているわけではないが、いつもより遅れている気がする。

心臓がどくどくと音を立て、嫌な汗が首筋を伝う。顔からは血の気が引いていった。

「アレット、顔色が悪いわ! 身体が辛いときに無駄話しちゃってごめんなさい! とにかく、少し動けるようになったら、すぐにお医者様に診てもらったほうがいいわよ」

エミリーはアレットの様子がおかしいのを自分のせいだと勘違いしてしまったようだが、今のアレットにそれを正す余裕はない。

「……わかったわ。エミリー、来てくれて本当にありがとう」

「私の部屋はすぐそこなんだから、気にしないでよ。何かあったら遠慮しないで呼んでね」

エミリーはそう言うと、アレットを心配そうに見つめつつも自分の部屋へと戻っていった。

アレットは気持ちを落ち着かせるため、目をつぶって深呼吸をする。だが、頭の中ではさっきエミリーが発した『妊娠』という単語がぐるぐると渦巻いていた。

もし本当にそうだとしたら、それはリオネルの子供だということになる。

（殿下に打ち明けたほうがいい？　でも、そもそも彼は自分の子供だなんて認めるかしら？　もしかしたら、しらを切られてしまうかもしれないわ……）

何せ相手は一国の王太子だ。一介のメイドにすぎない自分が訴えたところで、そう簡単に認めてもらえるとは思えない。

アレットは不安に押しつぶされそうになりながら、浅い眠りを繰り返した。

翌日。寝不足で身体はだるいし、まだ気分も悪いが、いつも通りの時間に目が覚めた。

（ベッドで悩んでいても仕方がないわ。妊娠しているにしても、していないにしても、まずはお医者様に診てもらわなくちゃ……）

アレットは重い身体を起こしてなんとか身支度を整え、エミリーが置いていってくれたゼリーに少しだけ口をつけた。

しっかり食べて体力をつけたいのはやまやまだが、身体が食べ物を受け付けないようで、食べやすいはずのゼリーでさえも数口で嫌気がさしてくる。

昨日ほどの吐き気はないものの、寝不足のせいか、あるいはほとんど何も食べていなかったせいなのか、立ち上がるとひどい目眩がした。

部屋の壁に手をついてそれをやり過ごすと、アレットは薄手のショールを羽織って部屋を出る。

今日も出勤日だから、医者に行く前にまずはメイド長に休む許可をもらわなければならない。

アレットの部屋からメイド長の部屋まではそう遠くないが、その間にすれ違った同僚たちにはとても心配された。よっぽど顔色が悪いのだろう。

「失礼します」

弱々しくノックをしてから部屋に入ると、メイド長がアレットを見て眉をひそめた。

「アレットさん、随分と顔色が悪いわよ。今日も仕事を休んで寝ていなさい」

休みを申し出る間もなく、心配そうな表情をしたメイド長にそう言われてしまった。自分は相当ひどい顔をしているらしい。

「申し訳ありません……」

「こういうときはお互い様だからいいのよ。それより、病院には行ったの？　最近ずっと元気がないじゃない。一度きちんと診てもらったほうがいいわよ」

「今日これから行ってこようと思います。お気遣いいただきありがとうございます」

アレットはなおも心配するメイド長に深々と礼をして退室した。

力の入らない足をなんとか動かし、城下町にある病院へ向かうために、使用人用の通用口を目指す。

いつもはなんとも思わない距離だが、身体が重い今日はやけに遠く感じる。

（やっと通用口が見えてきた……）

そう思ったところで、アレットは腹部に灼けるような痛みを感じ、思わずその場にうずくまってしまう。

（お腹……痛い……。痛い！　痛い!!）

「おい、君！　大丈夫か!?」

近くを歩いていた男性が、突然苦しみ出したアレットに声をかけてくれる。だが、苦悶するアレットは返事をすることすらできない。

身を内側から灼かれるようなひどい痛みに悶え、大粒の汗を流しながら、アレットは意識を手放した。


目を覚ますと、薬品の匂いがツンと鼻をついた。

（ここは、どこだろう……？）

身じろぎしたところ、「起きたのかね」というしわがれた声がかけられる。

声のしたほうに顔を向けると、髪も髭も真っ白な、眼鏡をかけた老人がいた。老人は白いローブを身につけている。医師か薬師なのだろう。

「私は医師のドミニク。ここは私の仕事部屋だ。君は使用人用の通用口の近くで倒れたのだが、覚えているかね？」

「はい。私、急にお腹が痛くなって……それで……」

「腹痛か。……その原因はわかっているかい？」

（原因……。もし妊娠しているのなら、そのことが関係しているかもしれない……）

そう思ったが、まだ検査すらしていなかったので、アレットは口を噤んだ。

「……わかりません。最近調子が悪かったので、ちょうど病院に行こうと思っていたところでした。その矢先に倒れてしまったのです」

「そうか。……単刀直入に言おう、君は妊娠している。おそらくここ最近の体調不良というのもそれが原因だろう」

半ば予想していたとはいえ、アレットは声にならないほどの衝撃を受けた。

（やっぱり妊娠していたのね……）

ドミニクの言葉は、アレットの気持ちをひどく重たくさせた。

「相手は王族だね？　まさか陛下ということはないだろうから……リオネル様だろうか？」

「えっ⁉」

言い当てられたことに驚き、アレットは思わず飛び起きてしまった。なぜそれを知っているのかと問いたかったが、また目眩に襲われる。

「驚かせて申し訳なかった。君はまだ本調子ではないのだから、そのまま横になっていなさい」

アレットの頭はひどく混乱していた。とりあえずはドミニクに言われるがまま、再びベッドに身を横たえる。

それにしても、ドミニクが子供の父親を言い当てたことが不思議でならない。

（人の考えが読める魔法でもあるの……？）

そんな疑問が顔に出ていたのか、ドミニクが説明してくれる。

「君の胎内から強い魔力を感じるのだよ。陛下や殿下のものとよく似ている魔力をね……。先ほどの腹痛も、おそらくは胎児の魔力にあてられたのが原因だろう」

そういうことだったのかと、アレットは納得した。

（でも、認めてしまっても大丈夫かしら……？）

わずかに逡巡するが、ドミニクは確信を持った目でこちらを見ている。

アレットはおずおずと口を開いた。

「……私には魔力がないし感じることもできないので、全然気が付きませんでした。おっしゃる通り、私が妊娠しているのだとすれば、それは……」

その名を口にしようとして、一瞬息が止まる。

恐怖なのか、悲しみなのか――はたまた怒りなのか。

自分でもわからないぐちゃぐちゃとした感情が、喉の奥から込み上げてくるようだ。

「……リオネル殿下の子です」

アレットはやっとの思いで、リオネルの名を口にした。

すでに予想していたからか、職業柄なのかはわからないが、ドミニクの表情はぴくりとも動かない。

「やはりそうか。……ああ、安心していい。魔力があってもそれに気付けるような人間はごく一部だ。誰にでもわかるようなものではない。君が最初に運び込まれたのは一般医務室だったのだが、そこで診察した私の弟子も君の胎に何かを感じただけで、その正体まではわからなかった。だから私が呼ばれたんだ」

ドミニクは立ち上がってお茶を淹れると、アレットが寝ているベッド脇の小机に置いた。

「君がいかような事情で殿下の子をその身に宿しているのかはわからないが、私は王族付きの医師だ。ゆえに、陛下や殿下に報告する義務がある。……かまわないかね？」

　義務と言いつつ、一応アレットの意思を確認してくれたのは、きっとドミニクなりの気遣いだろう。

「あ、あの！　報告するのは、まずは殿下だけにしていただけませんか？　すでにお察しかとは思いますが、この子は殿下が望んでできた子ではありません。もしかしたら……」

　もしかしたら、堕胎しろと言われるかもしれない。その可能性が脳裏をよぎった瞬間、アレットは反射的に嫌だと感じた。

　無理矢理身体を奪われ、望まぬ妊娠をしてしまった。けれど、生き物としての本能なのか、このお腹の子は守りたい、守らなければと強く思う。

「わかった。……念のためそうしよう」

「ありがとうございます」

　まずリオネルだけに妊娠を知らせるということが、アレットにとっていい結果になるのかどうかはわからない。けれど頷いてくれたドミニクを見て、アレットはとりあえずほっと息をついた。

リオネルが側妃でもなんでもない自分を無理矢理襲い、孕ませたなどというのは間違いなく大事だろう。それを陛下や周りの人間が知ったとき、自分やお腹の子がどうなってしまうのか、アレットには想像もつかなかった。

しかし、リオネルがわずかでも罪悪感を抱いているのなら、アレットが懇願すれば産ませてくれるかもしれない。

「私は早速殿下のもとへ参上し、このことを報告してくるよ。このお茶を飲んだら、君は好きなだけここで寝ていなさい。今の君には何よりも休息が必要だ」

「わかりました」

ドミニクが医務室から出ていくと、しばらくして代わりに中年の優しそうな女性が入ってきた。

「私は看護師のブリジットです。ご事情は全てお聞きしました。先生から安静にしていただくようにと言われていますので、ゆっくりしていてくださいね」

ブリジットの柔らかい雰囲気に安心したアレットは、慎重に身体を起こしてドミニクが淹れたお茶を飲んだ。

「おいしい……」

水さえもほとんど口にしていなかった身体に、お茶の温かさが沁み渡るように感じる。

アレットはほうっと息を吐き、やがてとろとろと眠りについた。

4

リオネルが失態を犯してしまったあの夜から、一か月。エルネストが件のメイドについて報告があると言ってきた。

「時間がかかってすまないな。だけどやっとのことで、三人まで絞れたんだよ。少しは褒めてほしいものだね」

得意げな表情でエルネストが差し出してきたのは、三人のメイドの名前やプロフィールが記された書類だった。

「感謝する。厄介なことを頼んでしまって申し訳ない」

リオネルは親友に素直に頭を下げる。

「まったくだよ。この三人は、あの夜会の日に後片付けの当番だった、黒目黒髪の若いメイドだ。本当の理由は言えないから当番表を手に入れるだけでも苦労したし、貴族令嬢と違ってメイドには絵姿もないからね。条件に合う子たちを洗い出すのに骨が折れた」

エルネストはそう言って肩を竦めた。

なんだかんだと言いながら、きちんと任務を果たす彼の能力を頼もしいと思いつつ、リオネルは書類に手をかける。

「助かったよ。あとは俺がどうにかしてこの三人の顔を確認して、例のメイドを探し出そう」

リオネルが三枚の書類にざっと目を通した直後、コンコンと遠慮がちに扉をノックする音がした。

入室を許可すると、「失礼します」と言って侍女が恐る恐る入ってくる。

「ご歓談中に申し訳ございません。医師のドミニクがリオネル殿下と至急お話がしたいと申しておりますが、いかがいたしましょうか?」

ドミニクは王族の主治医だ。彼が至急の用件と言うからには、何かよくないことが起こったのかもしれない。リオネルはすぐに通すよう侍女に告げた。

「じゃ、僕はこれで失礼するよ。また何かあれば呼んでくれ」

「ああ、すまない。この礼は必ず返す」

エルネストは気を遣って退室し、彼と入れ替わるようにしてドミニクが入室してきた。

ドミニクは執務室の扉を閉めると、リオネルに向き合う。

「殿下、お忙しい中お時間をいただき、ありがとうございます」

「前置きはいい。急ぎの用件なのだろう？」

リオネルが先を促すと、ドミニクはためらうように一瞬間を置いてから口を開いた。

「……殿下はアレット・ダンピエールというメイドをご存知でしょうか」

聞き覚えのない名前だった。

が、リオネルははっとし、先ほどエルネストが持ってきた書類に目を落とした。

三名のメイドについて書かれた書類の中に、ドミニクが告げた名前が記されている。

「……知っている。黒目黒髪の年若いメイドだな？」

「はい。実は、彼女が殿下の子を妊娠しております。お心当たりはございますか？」

リオネルはその言葉を聞いた瞬間、頭が真っ白になった。

議会で大臣たちに何を言われても冷静に対処する自分が、ドミニクの言葉に返事さえすることができない。

それほどリオネルにとって、件のメイド――アレットの妊娠は驚くべき出来事だった。

(俺の……子供？)

長い間、側妃たちは誰一人として懐妊しなかった。だというのに、たった一度関係を持っただけのメイドが妊娠した？

あまりにも現実感がなく、そう簡単に信じることはできなかった。

しかし、こちらを見つめるドミニクの真剣な目が、リオネルを捉えて離さない。

どう考えても冗談で言っているようには見えないし、そもそも彼が冗談を言うのは聞いたことがない。

リオネルの手にじわりと汗が滲んだ。

ドミニクはリオネルの沈黙を肯定と受け取ったのだろう。彼の返事を待たず、再び口を開く。

「殿下、彼女に子を産ませますね？」

ドミニクの言葉で、リオネルははっと我に返る。

彼はリオネルたち王族の主治医だ。もちろんリオネルに何年も子ができていないことを知っているし、それを思い悩んでいることも知っている。

「もちろん俺はそうしてほしいが、彼女は……」

そこで言葉が止まる。

果たして、彼女は産んでくれるのだろうか。

自分を汚した男の子供を。

リオネルにはこれ以上彼女に無理強いをしたくないという気持ちもあった。どうにか産んでもらえるよう最大限の努力はするが、彼女が望むならば、堕胎を認めるつもりだ。
何せ自分は強姦魔と罵られても仕方のない立場なのだから。

「彼女の意思は確認しておりません。まだ医務室で休んでおりますので、殿下がご自身でお話しするのがよろしいかと。ですが、おそらく堕胎は難しいかと思います」

「……それはなぜだ？」

「彼女は魔力をまったく宿しておりません。それに対し、お腹の胎児はすでに殿下とよく似た強い魔力を放っています。これはあくまで私の予想でしかありませんが、無理に堕胎しようとすれば胎児の魔力が暴走し、母体がそれに耐えきれずに命を落とす可能性があります」

リオネルは息を呑んだ。改めて自分の軽率で愚かな行為を恥じ、あの日の自分を殴り殺してやりたくなる。

彼女の純潔どころか、命までも奪いかねない状況に追い込んでしまったのだ。

「彼女はすでに胎児の魔力にあてられたのか、相当に弱っております。これに関しては文献に対処法が載っておりまして、母体に魔力を供給すれば、ある程度症状が緩和されるようです。彼女が気を失っている間に私の魔力を送り込んだところ、若干ではございますが、体調が回復しました」

「彼女は気を失っていたのか⁉」

リオネルは驚いて声を上げた。

(すでに気を失うほど弱っているだと⁉　まだ胎児は宿ったばかりだというのに、この先彼女の身体はもつのか……？)

そこでリオネルは、そもそもなぜドミニクが彼女の妊娠を知ったのか、経緯を聞いていなかったことに気付き、それについて尋ねた。

「体調が悪く、医者に行こうとしたところで倒れたようです。王宮内の一般医務室に運ばれましたが、私の弟子が彼女の胎内に違和感を覚え、私が呼ばれました」

「それで、彼女はもう大丈夫なのか？」

「今のところは大事ないと言ってよいでしょう。けれど、彼女自身にまったく魔力がございませんので、たとえて言うなら、魔力を身体に留めるための器を持っていない状態です。ですから、送り込んだ私の魔力はすぐに漏出(ろうしゅつ)してしまうものと思われます。胎児の魔力から母体を守るためには、胎児と同じか、それ以上の魔力を供給しなければなりません。ですが、胎児の魔力が強大すぎて、私では力不足でございます。まことに恐れ多いこととは存じますが、殿下ご自身に魔力を供給していただくのが一番安全で確実な方法ではないかと……」

ドミニクは、とある伯爵家の出だ。

安閑とした貴族の人生が退屈で、わざわざ医師になったという変わり者ではあるが、決して魔力が弱いほうではない。

そんなドミニクの魔力でも、その場しのぎにしかならないとは……

リオネルは記憶の中のアレット・ダンピエールを思い出した。あどけない顔立ちに、小さくて華奢な身体。そんな儚げな彼女が、リオネルの子を宿し、そのせいで苦しんでいる。

自らのあり余っている魔力で彼女を楽にしてやれるかもしれないと知り、リオネルはいてもたってもいられなくなった。

「わかった。ドミニク、報告に感謝する。早速彼女の様子を見に行ってもいいだろうか？」

「勿体無いお言葉でございます。彼女は一般医務室から私の仕事部屋に移っております。このまま一緒に参りましょう」

リオネルはアレットの顔が見たくてたまらなくなっていた。会ったら謝罪をし、自分の子を産んでくれるようお願いしてみるつもりだ。

自分の心臓が早鐘を打っていることに気付く。こんなに緊張するのはいつぶりだろうか……

リオネルがドミニクとともに彼の仕事部屋に入ると、看護師のブリジットが穏やかな笑顔で迎えてくれた。

「まぁ殿下、足をお運びいただき恐縮でございます。アレットさんは先ほどまた眠ってしまわれたのですよ。ですが……お顔だけでもご覧になりますか?」

リオネルの気持ちを察したのか、ブリジットがそう提案する。リオネルは一も二もなく頷(うなず)いた。

「ああ、頼む」

ブリジットは部屋の奥の白いカーテンを開け、リオネルを中へ促(うなが)した。

リオネルは、はやる気持ちを抑えながら中に足を踏み入れる。すると、簡素な診療用ベッドの上に、リオネルが無理矢理身体を奪った娘——アレット・ダンピエールが横たわっていた。

あの夜、恐怖に濡れていた目はぴたりと閉じられており、すやすやと静かに寝息を立てている。その安らかな様子を見て、リオネルは深々と安堵の息を吐いた。

「……今は落ち着いているようだな」

「ええ、ここ最近ずっと体調が思わしくなかったようですが、ドミニク先生の魔力のおかげで少し気分がよくなったのでしょう。穏やかに寝ておりますわ」

「その、迷惑でなければ……彼女が起きるまでここにいていいだろうか」

リオネルはアレットが目覚めたとき、最初にその目に映るのが自分でありたいと思った。たとえ彼女はそれを望んでいなかったとしても。

「殿下さえよろしければかまいませんよ。ね、先生？」

ブリジットの問いかけに、ドミニクは頷いた。

「では、私は隣の部屋に控えております。何かあったらお声がけください。ブリジット、留守番ありがとう。君はもう一般医務室の勤務に戻っていいよ」

ブリジットはリオネルに挨拶をすると、部屋を出ていった。

リオネルは午後の政務に遅れる旨を従者に伝え、ベッドの脇にある小さな椅子に腰を下ろす。

「アレット……」

彼は先ほど知ったばかりのメイドの名前を呟いた。

（目を覚ましたら、君は怯えるだろうか？　それとも怒りのままに罵声をあびせて頬を引っ叩くだろうか？）

リオネルはどんな仕打ちでも甘んじて受けようと思っていた。自分のしでかしたことはそれほど罪深いのだから。

物思いにふけりながら半刻ほどアレットを見つめる。やがて彼女の長い睫毛がぴくりと動いて、徐々にまぶたが開かれた。

落ち着いていたリオネルの心臓が、またどくどくと早鐘を打ち始める。

「目が、覚めたのか?」

声をかけると、アレットが寝ぼけ眼でリオネルの姿を捉えた。

「殿下……?」

5

アレットが心地よいまどろみから目覚めると、ベッドのすぐ脇に思いもよらない人物が座っていた。

苦しげな表情で、真摯な視線を向けてくるその人は、確かにあの日アレットに無体を働いた人物――リオネルだ。アレットはとっさに布団をかぶって身を縮こまらせた。

「……すまない。私の顔など見たくもないだろうが、少しの間我慢してくれないか?」

あのときとは違い、優しげな声音で紡がれた言葉に、アレットは少しだけ警戒を解く。

「すでに知っているとは思うが、私はリオネル・バラデュール。この国の王太子だ。君はアレット・ダンピエールという名前だと聞いた。アレット、と呼んでもかまわないだろうか？」

アレットは声も出さず、布団をかぶったままこくりと頷く。

通常であれば不敬にあたる行いだったが、リオネルが少し安堵したように息をつくのがわかった。

「アレット、本当に申し訳なかった。いくら謝っても許してもらえるようなことではないとわかっているけれど、まずは謝罪させてほしい。ひと月前の夜会の日、私はひどく酔っぱらっていた上に媚薬を盛られて、意識が朦朧としていた。なんとか自室に戻ろうとしていたところで、君に会ったんだ。そして私は、君に無理矢理襲いかかった。それどころか……」

リオネルは一旦そこで言葉を切ると、やや間を置いてからまた口を開いた。

「君は妊娠していると聞いた。私の、子を……」

打ちひしがれたような態度と気遣いに溢れた声音に、アレットはどのような態度をとればいいのかわからなくなった。

乱暴されて恐ろしかったし、心も身体もひどく打ちのめされた。憎い、恨めしいと思わなかったと言えば、嘘になる。

しかし、真摯に謝罪するリオネルを見ると、面と向かって責め立てる気にはなれなかった。

アレットは恐る恐る布団から顔を出し、彼のほうを見て言う。

「……私もさっきドミニク先生に聞いたばかりなのですが……そのようですね」

妊娠していたことについて、アレットはまだ他人事のように感じていた。

けれど、もし本当に自分の中に命が宿っているのだとすれば、それを守りたいという気持ちは確かに芽生えている。

もしこの子を産むことができたら、母が自分にしてくれたように、たくさんの愛情をもって育てたい。

アレットの母は王都の片隅にある小さな仕立て屋でお針子をしており、仕事でダンピエール男爵家へ行ったとき、父に見初められたらしい。

父は身ごもった母に小さな家を与え、アレットが物心つく前はよく訪れていたという。けれど、次第に母に飽きたのだろうか。アレットが覚えている限り、父は滅多に家に来ることはなかった。

しかし、そんな父を恨んだことはない。母がたくさん愛情を注いでくれたし、ほとんど会うことがなかったとはいえ、父はアレットの養育に必要なお金は出してくれていた。平民の娘を弄(もてあそ)んで素知(そし)らぬ顔をしている貴族も多いと聞くから、それに比べれば父は優しいほうだったのだろう。

しかし、このお腹の子はリオネルにとって望まぬ子に違いない。すぐに堕(お)ろせと言われるだろうか……

先ほども考えた恐ろしい可能性が、リオネルを前にしてまた頭をよぎる。アレットの身体がぶるりと震えた。

堕(お)ろしたくない。この子を産みたい。

まだ宿ったばかりの命を守るかのように、アレットは自分自身をぎゅっと抱きしめる。

アレットの深刻な顔を見て落ち込んでいると思ったのだろうか。リオネルがさらに悲痛な面持(おもも)ちになって、頭を下げた。

「アレット、君の人生を滅茶苦茶(めちゃくちゃ)にしてしまって本当に申し訳ない……。如何(いか)なる罰でも受けよう。しかし、本当に厚かましいことだとはわかっているのだが、もしその子を産んでくれるというなら、私に父親にならせてほしい……」

思いもよらない言葉に驚き、アレットは目を丸くした。

王太子である彼ならば、このように謝らなくてもアレットを黙らせておけるだろう。

アレットの意思に関係なく、お腹の子を堕胎させることも、産ませることもできるはずだ。

けれど目の前の彼はそんな暴君のようなことはせず、ただのメイドでしかないアレットに頭を下げて真摯に謝罪をしている。

（リオネル殿下は噂通りのお方なの……？）

誰にでも公平で、優しい王太子殿下。それがリオネルに対する世間の評価だ。

しかし、アレットはリオネルに乱暴をされてから、それは彼の表の顔にすぎないのだと思っていた。

彼の言った通り、あの夜は酒と薬のせいでおかしくなっていただけなのだろうか。

目の前のリオネルは嘘をついているようには見えないし、評判通りの優しくて誠実な雰囲気が滲み出ている。

そして、お腹の子も受け入れてくれた。

アレットを襲ったことはもちろん罪深いことだが、きちんと反省し、責任をとりたいと言うリオネルに対して、罰を与えたいとは思わなかった。

すぐに許せるわけではないが、アレットはお腹の子のためにも、彼の手を取ってみようと考えたのだ。

アレットは寝ていた身体を起こしてベッドの上に座り、おずおずと口を開いた。

「……頭を上げてください、殿下」

リオネルがゆっくりと顔を上げる。エメラルドのような鮮やかな緑の瞳にアレットの姿が映し出された。

「そのお言葉だけで十分です。私は殿下に罰を受けてほしいとは思いません」

「いや、しかし……！」

リオネルは驚きに目を見開き、納得できないというふうに、少し声を荒らげた。

「だって、子供の父親が前科持ちだったら困るわ」

アレットはわざとおどけてそう言った。これ以上気に病む必要はないという思いを込めて。

「それは……つまり……」

「私はこの子を産みたいと思っています」

アレットは決意を込めた目でリオネルを見つめた。

「ほん……とうに？」

信じられないといった表情のリオネルに、アレットは微笑んでこくりと頷く。すると彼の口元に、ようやくうっすらと笑みが浮かんだ。

（そういえば……この方の笑顔を見るのは、初めてかも）

あの夜も、それ以前にも、リオネルが微笑んだところを見たことがなかったことに気付く。

改めて見ると、その美しい顔立ちに魅せられ、アレットは落ち着かない気分になった。

「……アレット、ありがとう。私は情けない男だな。君にばかり負担を強いてしまって、本当に申し訳ない」

「いいえ、王族の方がただのメイドにこのように頭を下げるというのは、僭越な言い方ではございますが……なかなかできることではないと思います」

「本当に、ありがとう」

リオネルはそう言うと、アレットの右手に自分の右手を近付ける。

「少し触れてもいいだろうか？」

アレットは反射的に怖いと思った。けれどリオネルの穏やかな様子を見て、「はい」と頷く。

するとリオネルは神聖なものに触れるかのように恭しくアレットの手を取り、指先にそっと誓いのキスをする。

リオネルの唇が触れた指先が、ぽっと火が灯ったように熱くなった。

「アレット、早速だが、今日から君の住まいを移してもかまわないだろうか？」

指先をぼんやり見ていたアレットは、リオネルの唐突な申し出に驚き、はっと我に返る。

「住まいを移す⁉　どこに……ですか？」

戸惑いを隠しきれず、裏返った声で聞き返してしまった。

「当面は……私の部屋に」

「で、殿下のお部屋？　なぜでしょうか？」

アレットは驚いて目を大きく見開いた。

（よりにもよって、殿下のお部屋⁉）

なぜ急にそんな話になったのだろうか。

「まずは身の安全のためだ。君が私の子を宿しているということが広まれば、君に害をなそうとする輩（やから）が出てくるかもしれない。私の部屋ならば警備がしっかりしていて安全だからね」

リオネルのその言葉で、アレットは今さらながら自分がとんでもない人の子を妊娠しているのだと気付かされた。

今目の前にいるこの人は、本当は雲の上の人なのだ。

彼は次期国王なのだから、その子供は当然王子、もしくは王女ということになる。

そうである以上、母のように市井（しせい）で子供と二人、慎（つつ）ましく暮らすということはできないのかもしれない。

アレットがそんなことを考えていると、リオネルが再び口を開いた。

「それから、魔力供給の話はもう聞いただろうか？」

「いえ、聞いていません」

「なるほど。これはドミニクから説明してもらったほうがいいだろう」

そう言うや否や、リオネルは隣室にいるドミニクを呼びに行く。

リオネルとともに戻ってきたドミニクから、アレットはお腹の子の魔力にあてられて具合が悪くなっていることと、それを改善するためには他者からの魔力供給が必要なことを説明された。

「なるべくお腹の子と魔力の系統が似ている方に供給していただいたほうが、魔力が身体に留まりやすく、ご負担も少ないはずです。殿下の子なのですから、殿下以上に適任の方はおられますまい」

「……というわけだ。毎日魔力供給する必要があるらしいから、私の近くにいてもらったほうがいい。私の部屋にいてくれれば、どんなに忙しい日でも顔を合わせられるだろう？」

「わ、わかりました……」

突然リオネルの部屋に移り住むことになって戸惑いはあるが、安全のためだとか、自分の体調のためだとか言われてしまえば、アレットは頷くしかなかった。

「ありがとう。不安にさせるようなことを言ってしまったが、君のことは私が絶対に守る。もっとも、私が一番信用ならないかもしれないが……」

リオネルは、ふっと自嘲するような笑みを浮かべた。

「では、私の政務が終わるまでに部屋を整えさせておこう。もちろん君専用のベッドも用意させるから安心してほしい」

最後にリオネルは名残惜しそうにアレットの頭を撫でてから、執務室に戻っていった。

（なんだかとんでもないことになってしまったわ……）

リオネルを前にして、知らず知らずのうちに緊張していたのだろう。急に身体から力が抜け、アレットはまたベッドに横たわった。

色々と展開が早すぎて、頭の処理が追いついていない。

今日のリオネルはアレットを襲ったときの彼とは全然違い、終始穏やかで、優しくて、信用に足る人物だと感じた。

あんなに恐れていたにもかかわらず、手にキスをされるのも、頭を撫でられるのも嫌ではなかった。

アレットはまだ整理のつかない気持ちをかかえながらも、リオネルが評判通りの人格者であったことに改めて安堵したのだった。

6

リオネルはドミニクの仕事部屋を出ると、ほっと息をつく。

アレットに再会し、きちんと謝罪できたことが、リオネルの心を少しだけ軽くしていた。もちろん、それですべてが済んだとは思っていない。アレットに対し、時間をかけて罪を償っていきたいと考えている。

それとともに、リオネルは自分の中に新たな気持ちが芽生えたのを感じた。今日改めて会ったアレットはやはり魅力的で、リオネルは彼女に強く惹かれ始めている。

できることなら、彼女に触れたかった。だが、あんなことをしてしまったあとだ。自分に触れられることに抵抗があるだろうと思い、必死の思いで自制していた。

けれど彼女は、こんな自分の子を産んでくれるという。リオネルにとって、これほど嬉しいことはなかった。

心を浮き立たせながら執務室に戻ると、エルネストが一人、膨大な量の書類と格闘していた。

「リオネル、もう用事は済んだのか？　その様子だと、ドミニクの話は悪いものではなかったようだな」

「ああ、見つかったんだ」

「ん？　見つかった？　……そ、それはもしやあのメイドか!?」

エルネストが驚いたように立ち上がる。

リオネルは自分の席に腰を下ろしながら、「そうだ」と首肯した。

「よかったじゃないか！　それで？　彼女には謝罪したのか？　というか、ドミニクの話と彼女にどんな関係が？」

矢継ぎ早に質問を浴びせかけてくるエルネストに、リオネルは少したじろいだ。

「落ち着け、エルネスト。もちろん謝罪はした。彼女……アレットは俺の罪を許してくれたと思う」

「なんて広い心の持ち主なんだ！　女神のようじゃないか！」

我がことのように喜ぶエルネストに、リオネルもつられて笑みを浮かべる。

「ああ、本当に女神かもしれない。アレットは……俺の子を妊娠していたんだ」

「…………はあ!?」

執務室にエルネストの叫び声が響き渡り、リオネルは眉をひそめた。

「声が大きいぞ、曲者でも忍び込んだのかと思われるじゃないか」

たしなめるリオネルを気にも留めず、エルネストは鼻息荒くリオネルに詰め寄ってくる。

「これが驚かずにいられるものか！　だって、たった一回だろ⁉　それこそ奇跡としか言いようがないじゃないか！」

「ああ、本当に奇跡だ。彼女には申し訳ないことをしたが……」

リオネルは、アレットが自分の子を産むと言ってくれたことや、彼女に魔力を供給する必要があること、今日から自分の部屋に移り住んでもらうことなどを伝えた。

「父や母にはこれからお伝えしようと思っている」

「きっとお二人もお喜びになるに違いない！　待望のお世継ぎだものな……ところで、そのアレットちゃんのことは今後どうするんだ？　側妃として召し上げるとか？」

「……正妃にしたいと思っている。もし彼女が頷いてくれれば、の話だが」

「うーん、それは側妃たちが……というよりは、その親父連中が黙っていないんじゃないか？　それにメイドを正妃にするなんて、前例がない。正妃にはそれなりの務めもあるんだぞ」

「そんなことはわかっている。しかし、文句など言わせるものか。正妃の務めだって、きちんと教育を受ければこなせるだろうし、もちろんフォローはするつもりだ」

リオネルはもともと最初に子を身ごもった側妃を正妃にしようと思っていた。

しかしアレットが身ごもり、さらに彼女に惹かれ始めている今、アレット以外を正妃にするなど考えられなかった。

「随分入れ込んでるねえ。自分の子を孕んだから？　それともそんなに可愛いの？」

「……お前には関係ないだろう」

淡い恋心を見透かされたようで、リオネルは気恥ずかしくなる。それを誤魔化そうとエルネストを睨みつけたが、そんなことで怯む男ではない。

「照れてるのか？　まるで初恋に落ちた少年のようじゃないか！　それに、僕にも関係あるだろ。結果的に必要なかったとはいえ、僕はこのひと月、お前のために奔走したんだぞ」

それを言われると、リオネルは何も言い返せなかった。この友人が自分のために必死で動いてくれたのは事実だし、感謝もしている。

「まあそのうち会うことになるだろうし、早めに紹介してもらおうか」

「あとでドミニクの部屋に迎えに行くから、そのときに一緒に行こう。ただし、余計なことは言うなよ」

「余計なことって何さ？」

エルネストはニヤニヤ笑いながら、リオネルをからかうように言った。

「大丈夫。僕は奥さん一筋だからさ」

リオネルはこの中性的で美しい友人が、女性に大層モテるのを知っている。アレットがエルネストを見て心を奪われてしまったら……と思うと、リオネルの心はひどく波立った。

そっとカーテンが開かれる音がして、アレットは目を覚ました。リオネルが執務室に戻ったあと、自分はいつの間にか眠りに落ちていたようだ。
やはり心身が消耗しているのだろう。まだ頭がぼんやりする。
「よく眠れたかな？　リオネル殿下がお迎えにいらしているが、お通ししてもよいだろうか？」

寝ぼけ眼のアレットにドミニクが尋ねた。

きっと髪はボサボサだし、ワンピースもしわくちゃになってしまっている。頭がスッキリしないし、目も半分くらいしか開いていないかもしれない。

(だけど、さっきも寝起きの姿を見られてしまっているし……今さらよね)

そう思ったアレットはドミニクに「大丈夫です」と返事をして、ゆっくりと身体を起こした。

ほどなくしてリオネルが入ってくる。

彼一人かと思いきや、そのすぐ後ろに金髪碧眼の美青年がいた。そのことに気付き、アレットは仰天する。

(で、殿下だけじゃないの!?)

リオネルが男性的で精悍な顔付きをしているのに対し、金髪の青年は女性と見間違えてしまいそうな美しい顔立ちをしている。

まったくタイプの異なる美男二人と相対して、アレットはあたふたしてしまう。そんなアレットの様子を見て金髪の青年が微笑みかけてくれた。

「いきなりごめんね。僕はエルネスト・ブローニュ。公爵家の長男で、リオネルの幼馴染だ。アレットちゃんだよね？　このたびはおめでとう」

「あ、ありがとうございます」

そこでアレットはふと気が付いた。今、初めてお腹の子について『おめでとう』と祝福されたことに。

望まずして授かってしまった子だが、なんだか人に認められたような気がして、アレットは花がほころぶように微笑んだ。

するとエルネストは、リオネルのほうを向いて小声で何かを言った。

「へー、美人というよりは可愛い系？　こういう子がタイプだったとは、知らなかったな」

「うるさい。お前は少し黙っていろ！」

リオネルもこそこそと何かを返しているが、アレットには聞き取れない。けれど二人の表情や雰囲気から、身分を超えた仲の良さが窺えた。

「アレット、部屋の準備ができている。今から移動してもらうことになるが、かまわないか？」

「大丈夫です。一度自分の部屋に荷物を取りに戻りたいので、少しお時間をいただいてもかまいませんか？」

「荷物はあとで持ってこさせるよ。ひとまず生活するのに必要なものは揃っているはずだから、このまま一緒に行こう」

リオネルはそう言うや否や、アレットの身体をふわりと抱き上げた。

「きゃっ！　で、殿下！　自分で歩けますから！」

「まだ体調が悪いのだろう？　遠慮するな」

そうは言っても、リオネルの端整な顔が近くにあるし、身体もぴったりと密着しているのだ。何よりエルネストや、すれ違う人たちに見られるのが恥ずかしい。

「ひ、人目もありますし……」

「大丈夫だ。結界を張っていくから、他の者には見られない」

さすがは王族だ、と感心する。そんな魔法があるなんて、初めて知った。

「わ、わかりました」

アレットは渋々納得した。でも、少なくともエルネストには見られてしまっていると思うと、顔が熱くなった。

そんな矢先にエルネストが「お熱いねえ」などと茶化すものだから、アレットの顔はますます熱くなってしまう。

リオネルに抱きかかえられたままベッドのあった部屋を出る。すると、隣室で書きものをしていたドミニクが立ち上がってこちらに近付いてきた。

「私は大抵この部屋にいるから、何かあったらいつでも呼びなさい。そうでなくとも、体調が安定するまでは毎日往診しよう。殿下、よろしいですかな？」

「ああ、もちろんだ。よろしく頼む」

「ドミニク先生、お世話になりました。これからもよろしくお願いします」

アレットがお礼を言うと、ドミニクは微笑んで三人を部屋から送り出した。

「アレットちゃんの様子も見れたし、空気の読める僕はここで失礼するよ」

ドミニクの部屋から出るとすぐ、からかうような言葉を残してエルネストもいなくなり、ついに二人きりになってしまった。

アレットには、ここが王宮のどの辺りかもわからない。だが、他に人がいないのかやけに静かで、アレットを一層落ち着かない気持ちにさせた。

「じゃあ、行こうか」

「はい、お願いします……」

リオネルの息遣いと鼓動、ゆったりと歩く足音がアレットの耳に響く。

アレットは胸が高鳴るのをなんとか抑えながら、リオネルとともに彼の私室へと向かった。

やはりリオネルに触れられるのは嫌ではない。それどころか、彼の少し高めの体温は、アレットに不思議と安心感を与えてくれた。

そうしてしばらく進むと、リオネルの私室に到着する。

そこはアレットが想像していた以上に広く、重厚な家具が趣味よく配置されていた。

その一つひとつが最高級品であるとわかり、王族の権勢を改めて実感させられる。

リオネルはアレットをかかえたまま部屋を横切り、奥にある扉を開けた。その部屋は、先ほどのものと比べてこぢんまりとしており、明らかに女性用と思しき可愛らしいベッドが置いてある。

リオネルはそのベッドまで歩いていくと、そっとアレットを下ろした。

「気分はどうだ？　大丈夫か？」

「大丈夫です。ありがとうございました」

アレットはかかえてもらっていたことが気恥ずかしくてリオネルの顔を直視できず、無礼とは思いつつもうつむきながら答えた。

「食欲もあまりないと聞いている。あとで侍女に命じて食べやすいものを用意させよう」

先ほどから至れりつくせりの厚遇を受け、アレットは恐縮してしまう。

事の発端はリオネルの所業にあるとはいえ、ここまでしてもらっていいものだろうか。

「この部屋は物置として使っていた。少々狭いのだが、これから自由に使ってくれていい。ちなみに今通ってきた部屋は私の居室だ。日中は執務室で仕事をしているから、ここでも、そちらの居室でも、好きに過ごすといい」

「あ、私も日中は仕事に出なければなりませんので、おかまいなく……」

するとリオネルが、驚いたように目を見開いた。そしてアレットの手を取ると、その上に自身の手をそっと重ねる。リオネルの大きい手に包まれて、アレットは頬が熱くなった。

「アレット、君はまだ本調子ではないし、体調が安定する頃にはお腹も重くなってくるだろう。しばらくは病欠ということにして、そのあと仕事を辞めてくれないか？」

リオネルの提案はもっともだった。アレットも、仕事はいつまで続けられるだろうかと悩んでいたのだ。

十六歳から働き始め、三年ほどお世話になった職場だ。未練がないとは言いがたいが、妊娠してしまった以上、仕事を続けるのは難しいだろう。

「……そうですね。ここ最近迷惑をかけてばかりいたので、そのほうがいいかもしれません」

「君の生活を滅茶苦茶にしてしまって、本当に申し訳ないと思っている……。もちろん、今後の生活は私が保証するし、欲しいものがあればなんでも言ってほしい」

「ありがとうございます。……お恥ずかしい話ですが、蓄えもあまりないので、お言葉に甘えさせていただきます。ですから、もう謝らないでください。私、さっきエルネスト様に『おめでとう』って言ってもらえて、とても嬉しい気持ちになったんです」

アレットの言葉に、リオネルがはっとしたように顔を上げた。

「おめでとう、か……」

「突然妊娠しているとわかってすごく戸惑いましたし、これからのことを考えると不安もあります。けれど、せっかく授かった命です。……もっと喜んであげたいなって思ったんです」

リオネルに握られていないほうの手でお腹をさすりながら、アレットは微笑んだ。

確かにここに、命は宿っているのだ。

そのきっかけがなんであれ、すでにアレットの心には愛おしいという気持ちが生まれている。

だったら、その気持ちを大切にしたいと思う。

そんなアレットを見て、リオネルも優しい笑顔になった。

「ありがとう、アレット。きちんと伝えていなかったが、私も君との子供ができてとても嬉しいよ。これからは謝るのではなくて、感謝の言葉を伝えるようにしよう」

「はい、お願いします！」

アレットはふふ、と笑ってリオネルを見る。

柔らかく微笑むリオネルはまさに王子様というように麗しく、またアレットの胸を落ち着かなくさせるのだった。

7

子供ができたことを健気にも『喜びたい』と言って微笑むアレットはとても可愛く、リオネルは彼女に触れたくてたまらなくなった。

しかし、ここで触れてはだめだ。ただでさえ始まりが最悪だったのだから、今後はできる限り紳士的に振る舞って、少しでも挽回しなければとリオネルは思っていた。

……アレットを抱きかかえて部屋まで運んできたり、手を握ったりしたのは、必要なことだったと自分に言い訳して。

他の女への欲望を抑えるのは簡単なのに、アレットが相手だとひどく難しく感じるのはなぜなのだろう。

（とにかく、変なことをしてしまう前に彼女から離れたほうがいいな）

「それじゃあ私は一旦退室するよ。食事が来るまでゆっくりしているといい」

そう言ってリオネルが部屋から出ようとしたとき、異変は起きた。

「っ、い……たい……！」

突然アレットがお腹を押さえ、ベッドの上でうずくまるようにして苦しみ始める。

すぐにただごとではないと気付き、リオネルはアレットに駆け寄った。

「大丈夫か⁉　アレット！」

リオネルが近付くと、アレットのお腹の辺りで強い魔力が暴れるように渦巻いているのを感じた。

（これが、ドミニクの言っていた症状か⁉）

リオネルは、今朝アレットが腹痛で意識を失った話を思い出した。

部屋の外に立っている近衛兵に命じてドミニクを呼びに行かせようかと思ったが、アレットの苦しみ方を見て、その時間さえ惜しいと感じる。

「アレット、すまない」

そう呟くと、リオネルは苦しむアレットを上向かせて唇を重ね魔力を送り込んだ。

そのままゆっくりアレットの背中を撫でていると、次第に彼女の身体から力が抜けてくる。そっと唇を離せば、アレットの顔から苦痛の色は消えていた。

「痛みは、おさまったか？」

吐息と吐息が触れ合う距離でリオネルが尋ねると、アレットは顔を真っ赤にしながら「はい」と小さく返事をした。心なしか彼女の息が荒いような気がする。

「あの、今のは？　身体中がふわっと温かくなって……お腹の痛みがすーっと消えていきました」

「魔力を送ったんだ。魔力は、体液に乗せて受け渡すことができるから……」

ドミニクは自分の魔力を込めた血を、注射器で輸血したと言っていた。けれどここにそんな器具はなく、リオネルはこのような手段を取った。

「勝手なことをしてすまない……」

急な事態とはいえ、自分に口付けられるのは嫌だったろうと思い、リオネルは謝罪した。

「いえ、本当に助かりました。また朝のように痛むんじゃないかと、怖くて……」

不安そうに震えるアレットをリオネルはたまらず抱きしめた。

己の犯した愚行が原因で苦しみ、怯えるアレットを、安心させてやりたかったのだ。

「君の体内の魔力が切れると、どうやら胎児が暴走するようだな。もっと早く魔力を送っていればよかった」

抱きしめる力が強かったのか、アレットが少し身じろぐ。

腕の力を緩めると、アレットがまだ赤い顔を上げ、その黒い瞳でリオネルを見つめた。

「あの、殿下のお身体は辛くないのですか？　魔法を使える方は、魔力を消費すると体力を消耗するのだと聞いたことがあります」

自分のほうが辛かったはずなのに、それでもリオネルを気遣うアレット。

その健気さや心根を、リオネルはますます愛おしく感じた。

「これぐらいどうということはない。それより、君の身体のほうが心配だ。ドミニクを呼ぼうか？」

「いえ、本当にもうすっかり大丈夫です。ありがとうございました」

アレットはそう言ってはにかんだ。

春の陽のような温かい笑顔に、リオネルの胸はぎゅっと苦しくなる。

やや遅れてアレットの唇の感触も思い出し、また慌てて彼女から離れた。

「じゃあ、私はこれで失礼する。何かあったらいつでも呼んでくれ」

「はい。殿下、本当に……ありがとうございました」

リオネルはアレットにあてがった部屋を出ると、気持ちを落ち着けるため一旦自分の寝室へ向かった。

「はあ……」

急なことだったとはいえ、アレットに口付けてしまった罪悪感と、その行為によって身体に燻っている熱とがないまぜになっていた。

（それにしても、随分入れ込んでしまっているな）

リオネルはふっと自嘲めいた笑みを浮かべる。

初めて側妃を娶ったときも、こんなわき立つような気持ちにはならなかった。

世継ぎを作るのは王族の義務だ。側妃たちの親である有力貴族たちへの政治的配慮もあり、今までは義務的に、平等に、彼女たちと接してきた。

逆に言えば、平等に接することができる程度の思い入れしかなかったということでもある。

誰か一人を想って焦がれるような感情を抱いたことなど、一度としてなかった。

やはりアレットを正妃にしたい。そしてその前に、側妃たちと離縁したいとリオネルは考えていた。

しばらくしてから時計に目をやると、約束の時間が迫っていた。

今日はこれから両親である国王夫妻に時間を取ってもらっている。アレットのことを報告せねばならないからだ。

リオネルはそっと私室をあとにし、両親の待つ部屋へ向かった。

「リオネルです。……失礼いたします」

両親の私室へ入り、人払いをする。彼らはすでにソファーに並んで座っていたので、リオネルはその向かい側に腰掛けた。

「突然改まって話があるとは、一体どうしたんだ？」

まず口を開いたのは、現国王である父のファブリスだった。

「実は……子供ができたのです」

リオネルはわずかに緊張を滲ませた声で答えた。

「まあ！　なんとおめでたいこと！　最近のあなたを見て世継ぎを諦めているのではないかと心配していたのだけれど、本当によかった……」

王妃である母のグレースが、真っ先に喜びを口にする。

父も母も、リオネルの今までの苦労を知っているだけに、心の底から祝福してくれているようだった。

（ここまではいい。これからが本題だ）

「それで、誰が妊娠したんだ？」

当然、側妃の誰かだと思っているのだろう。国王がそう尋ねた。

「それが……アレットという娘で、ダンピエール男爵のご令嬢です。ただ庶子であるらしく、この王宮でメイドをしておりました」

「まあ……！」

「なんと……」

二人とも驚きに目を見張った。それはそうだろう。ここ一年ほど後宮に見向きもしなかった息子が、唐突に、しかも側妃でもない娘と子を生したのだから。

ましてや、それが貴族とは名ばかりの身分の低い娘とあっては、驚くのもやむなしというところだ。

「ひと月ほど前、私が無理矢理関係を迫りました。それで彼女が妊娠を……」

「……本当にお前の子なのか？」

アレットのことを疑われたように感じて、リオネルは一瞬むっとした。だが、自分は王太子であり、次期国王たる身なのだ。となれば、血の繋がりが確かなものか問われるのは仕方のないこと。

父の心配ももっともだと思い、一呼吸置いてから頷いた。

「はい、状況的に見ても間違いないと思います。すでにドミニクが診察しておりますが、彼女の腹から強い魔力を感じ、それが私のものに酷似していると」

「……なるほど。それで、お前はその娘をどうしたいと考えているのだ？」

父からの強い眼差(まなざ)しを感じたが、リオネルは怯(ひる)むことなく父の目をまっすぐに見つめ返した。

「正妃にしたいと思っております」

「……子供ができたからという理由だけならば、やめておくのだな」

ファブリスは重々しく口を開いた。さすがに国王だけあって、その言葉には威厳(いげん)がある。

確かに父の言うことは正しい。側妃(そくひ)や、身分ある他の令嬢ではなく、平民と大して変わらない娘を正妃にすれば、貴族たちからの反発は相当なものになるだろう。それに、アレットにもかなりの負担をかけてしまう。

「恐れながら、理由はそれだけではありません。彼女に……惹(ひ)かれているのです。他の女性を正妃にすることなど、もはや考えられません」

顔を強張(こわば)らせながらも主張すると、ファブリスはふっと表情を緩(ゆる)めた。

グレースに至っては、息子の情熱的なセリフに大興奮といった様子で、顔を赤らめつつ頬に手を当てている。

「なるほど……。国王としては反対すべきところだが、お前にはだいぶ苦労をかけたからな。その気持ちを大切にしてやりたい。彼女を正妃にするために私たちも力を貸そう。すでに子を身ごもっているならばなおさらだ」

「……ありがとうございます」

ファブリスとグレースはいわゆる恋愛結婚で、ファブリスは王族には珍しく側妃を娶っていない。

グレースがリオネルを身ごもるまで五年かかったにもかかわらず、その間ファブリスは側妃を娶れという貴族たちからの圧力を無視し続けたのだ。

その反動で、リオネルが王太子になる頃には、貴族たちはさらに強い圧力をかけてくるようになっていた。両親のことを恨んでいるわけではないが、おかげでリオネルは五人もの側妃を娶らされることになってしまったのだ。

そんな後ろめたさもあって、両親は自分たちのことを反対しないだろうとリオネルは予想していた。実際にこうして承諾を得ることができ、ひとまずは安堵する。

しかし、次はどうだろうか。

「それと同時に側妃たちと離縁したいのです……」

その言葉にファブリスもグレースも、驚いた様子は見せなかった。

「私たちの子ならば、そう言い出すのではないかと思っていた。愛する人を見つけてしまった以上、他の女性をそばに置いておくことは難しいだろう」

「はい、私は今後アレット以外を愛するつもりはありません。にもかかわらず、側妃たちを後宮に留めたままにしておいては、お互いにいい思いはしないでしょう。それに、アレットは平民の母に育てられた子です。平民は一夫一婦制だ。ですから私も身綺麗な状態で彼女に求婚したいのです」

「そうか……。もともと側妃たちのことは私たちの都合で押し付けてしまったようなものだ。離縁は許可しよう。しかし波風が立たぬよう、根回しは入念にするのだぞ」

「承知しました。私のわがままをお聞き入れくださり、感謝いたします」

リオネルは肩の荷が下りたように、一息ついた。

正直なところ、側妃たちとの離縁は反対されると思っていた。すでにアレットが妊娠しているとはいえ、跡継ぎは多いほうがいいからだ。

ファブリスがすんなりと許可してくれたのは、きっと彼がただ一人の人を愛し、愛されることを知っているからだろう。

昔から仲が良すぎる両親を呆れた目で見ていたリオネルだったが、ここにきてそのことに深く感謝した。

「それで、彼女にはいつ会わせてもらえるのかな？」

「今は体調がよくないようですし、急なことだったので、今後についてはまだ彼女に話をしていないのです。落ち着いたら話すつもりでいますので、それまでお待ちいただけないでしょうか？」

「よかろう、今は一番大事な時期だ。お前も身をもってわかっているとは思うが、魔力を持つ者にとって、子を身ごもってくれた女性は宝だ。彼女のことを最優先に考えてやりなさい」

「はい、承知しております。……それから、もうひとつ、父上と母上にお話ししたいことがあります」

リオネルはそう言って、アレットには魔力がないため毎日魔力供給が必要なことや、彼女をすでに自分の私室に引き取ったことなどを話した。

「なるほど。それでは余計に大事にしなければならぬな」

「心得ております」

「ようやく私にも娘と呼べる子ができるのね！　とっても楽しみだわ」

少々重苦しくなった空気を振り払うかのように、グレースが明るい声を出した。

「あなたが側妃（そくひ）たちに必要以上に近付かないから、私も彼女たちとは距離を縮めにくかったのよ。アレットちゃんとは仲良くなれるかしら」

「……ええ、とても可愛らしく、そして心優しい娘です。きっと母上も気に入るでしょう」

「嬉しいわ！　一緒にお茶をしたり、ドレスやアクセサリーを選んだり、娘がいたらやってみたかったことが色々あるのよねえ」

「先ほども申し上げた通り、彼女は男爵令嬢とはいっても庶子で、平民の母親と暮らしていたようです。貴族らしいことには不慣れでしょうから、お手柔らかに頼みますよ」

「大丈夫！　私が色々教えて差し上げるわ」

上機嫌に笑うグレースはすでに五十近い年齢だが、とても若々しく美しい。そんなグレースを、ファブリスは愛情のこもった穏やかな目で見つめていた。

おしどり夫婦とは、まさに彼らのような関係を言うのだろう。

（自分たちは、そうなれるだろうか……）

そんなふうに思いながら、リオネルは両親の部屋を辞した。

ファブリスもグレースも、リオネルに好きな相手ができたことと、彼女に新しい命が宿ったことを喜び、大いに歓迎してくれているようだった。

それに、側妃との離縁も承諾してくれた。しかし、彼女たち全員と円満に別れるのは簡単なことではないだろう。条件のいい降嫁先を世話するなど、なんらかの見返りも用意しなければ。

（これから忙しくなるな……）

リオネルは自室に戻ると、一仕事終えて緩んだ気持ちを引き締める。そして早速、側妃たちやその実家へどう根回しするかを考え始めた。

リオネルの側妃はアバロ公爵令嬢ブランシュ、シャブロル公爵令嬢カミーユ、カノヴァス侯爵令嬢リュシエンヌ、ブルレック侯爵令嬢マルグリット、ベルリオーズ伯爵令嬢ナターシャの五人。

その中でも大きな障害となるのはリュシエンヌ、次いでマルグリットだろう。二人ともプライドが高く、その父親たちも虚栄心が強いので注意が必要だ。

反対に、特に心配がなさそうなのはナターシャ。他の側妃たちは全員有力貴族の娘だが、ナターシャだけは彼女自身の能力を買われて側妃となった。彼女は強大な魔力を有している天才ではあるものの、少々変わり者で、リオネルにも側妃という立場にもそんなに興味がなさそうだった。

（まずはアバロ公爵、シャブロル公爵と接触してみるか……）

両公爵は王家と縁のある人物で、老齢の人格者だ。まずはこの二人に相談を持ちかけてみようとリオネルは考えた。

8

翌朝、アレットは最悪だった自分の体調が、確実に改善していることを実感した。

（殿下の魔力のおかげだわ……）

そう思った途端、昨日のリオネルとのキスを思い出して恥ずかしくなり、思わずベッドをバンバンと叩いてしまう。

最初はお腹の痛みでそれどころではなかったが、リオネルの唇が自分の口に重なり、大きな手が背中をさすってくれるのを、次第にとても心地よく感じるようになった。

（私、おかしいのかしら……）

恐ろしい、憎いとさえ思っていたリオネルに触れられて、こんなふうに感じてしまうなんて。

リオネルが、以前アレットが憧れていた通りの人物だとわかったからなのだろうか。

それとも、リオネルが優しくアレットに触れてくるからだろうか……

アレットがリオネルの温もりを思い出しながら身悶（みもだ）えしていると、部屋がノックされ、侍女が入ってきた。

「おはようございます、アレット様」

昨日紹介された侍女のユニスは四十歳前後の落ち着いた女性で、今後アレットの身の回りの世話をしてくれるらしい。

アレットは世話をやかれるような身分ではないので一度は断った。けれどユニスは、柔らかい物腰ながら頑として譲らなかった。そんな彼女に説得され、お世話をお願いすることになったのだ。

「昨夜はよく眠れましたか？」

「ええ。昨日は朝からほとんど寝ていたのに、夜もぐっすり寝てしまって……」

「ふふふ、妊娠初期はいくら寝ても眠いんですよね」

ユニスは息子と娘を一人ずつ持つ母親であり、妊娠中の身体の変化についてもさりげなく色々と教えてくれる。

妊娠について知識もなく、不安しかないアレットにとって、彼女の心遣いは何よりの助けになっていた。

「朝食の準備をしますが、今朝は食欲はいかがですか？」

「少し胃がムカムカするけど、食べられないほどじゃないわ」

「わかりました。では、口当たりのよいものをご用意しましょう。でも、無理はしなくていいですからね」

ユニスに連れられて居室に出ると、アレットはテーブルにつく。そして朝食の準備をしてくれるユニスをぼーっと見ていたところ、リオネルが部屋に入ってきた。

リオネルは毎日早朝に起き、兵たちに交じって訓練を行うことが日課らしい。今日も訓練を終えて戻ってきたのだろう。

「アレット、調子はどうだ?」

「おかげさまでだいぶよくなりました。朝食も食べられそうです」

「それはよかった。また今晩、魔力を送ろう」

魔力を送る――その言葉で昨日のことを思い出し、アレットの頬が熱くなった。

(またキスをするのかしら……)

嫌ではない。むしろ無意識のうちに期待していたくらいだ。そんな自分が恥ずかしくなって、アレットは胸元をぎゅっと握り込んだ。

「アレット、大丈夫か……?」

「は、はい!」

アレットは恥ずかしい想像をしていた自分を、慌てて現実に引き戻した。

「それから、これを」

そう言うとリオネルは涙形の宝石があしらわれた美しいペンダントを取り出し、アレットの首にかけてくれた。

エメラルドだろうか。リオネルの瞳の色によく似た鮮やかな緑色をしている。

「……これは？」

「私が魔力を込めた宝石だ。これの近くで誰かが魔法を使うと、私には感知できるようになっている。何かあったときに使ってくれ」

「でも、私には魔力が……」

「ユニスや、近くにいる者に頼むといい。昨日のように突然胎児が暴走する可能性もある。ないよりはましだろう？」

「わかりました。ありがとうございます」

リオネルの気遣いにアレットは嬉しくなり、もらったばかりのペンダントにそっと触れた。

「さて、これから朝食なのだろう？　私も今日からはできるだけこちらで食事を取ろう」

リオネルはそう言ってアレットの向かい側の椅子に座った。

ユニスがアレットに用意してくれた朝食は、一口サイズのサンドイッチに冷製スープ、カットフルーツなど、つわりで食欲がなくても食べやすいものばかりだ。匂いに配慮したのか、リオネルの前にも同じようなメニューが並ぶ。けれど量はアレットの倍以上あった。

二人で食事を取っていると、リオネルが改まった様子で口を開く。

「昨夜……両親に、君とお腹の子供のことを報告した」

アレットは口にスープを運んでいた手を止め、リオネルをまじまじと見つめてしまった。

彼の両親といえば、この国の王と王妃だ。そんな彼らがアレットと子供の存在をどう感じたのか、ひどく不安に思った。

雲の上の存在である王族と、平民のような自分。改めて身分の差が重くのしかかってくる。

「あの……両陛下の反応はいかがでしたか？」

「とても喜んでいたよ。君に早く会いたいとも言っていた。今すぐにとは言わないが、体調が安定してきたら会ってくれないか？」

「はい、もちろんです！　わ、私なんかでよければ！」

リオネルから否定的な言葉が出てこなかったことに、アレットはほっと胸を撫で下ろした。しかし、国王と王妃に謁見するという一大事に、また別の緊張が生まれる。

こんなことにならなければ、一生言葉を交わすことすらかなわなかったであろう人たちである。

「そんなに硬くならなくてもいい。二人とも、穏やかな人だから。国王と王妃に会うと思うと大事に感じるかもしれないが、私という一人の男の親と顔を合わせると思えば、そこまで緊張しないだろう」

アレットの不安な様子が伝わったのか、リオネルが諭すように言った。

そうは言っても、リオネルですら子供の父親というよりは、王太子という遠い存在に思えるのだから、今のアレットには難しい話だ。

「……努力します」

アレットがぼそりと呟くと、リオネルは思わずといった感じで、くすりと笑った。

朝食を終えるとリオネルは執務室に向かった。アレットは一人、このあとの時間をどう過ごそうか思案する。

ずっと寝ていなければならないほど体調が悪いわけではないが、部屋の外には極力出ないように、もし出るならば必ず護衛をつけるようにと、リオネルから強く言われていた。

護衛の人の手を煩わせてまで外出しようとも思わないので、昨夜のうちに届いた私物をガサゴソとあさり、読みかけだった本を取り出して読書にふけることにする。

しばらくして読書に飽きたところで、ユニスがお茶を淹れてくれた。それからは彼女と話をしたり、昼食のあとはまたうとうとと昼寝をしたりして過ごした。

あまりにも上げ膳据え膳な生活に、アレットは多少の罪悪感を覚えてしまう。

何もしないでいることに、心が耐えられないようだった。

（せめて何かの勉強でもしてみる？　夜に殿下に相談してみようかしら……）

そんなことを考えていた矢先、ユニスが少し困ったような表情で部屋に入ってきた。

「アレット様にお客様が見えているのですが……」

「私にお客様？」

アレットがこの部屋にいることはリオネルと側近のエルネスト、医師のドミニク、それからわずかな使用人しか知らないことだ。そんな自分を一体誰が訪ねてきたのだろう。

警戒するアレットの様子を見て、ユニスが安心していいというように言葉を続けた。

「グレシア様という、えーと、高位の女官の方です。体調が悪くなければお通ししたいのですが、いかがですか？」

高位の女官ならば貴族だろう。そんな人の訪問を断るのは気が引けた。

それにユニスが通したいと言うのだから、別に取って食われるわけでもないだろう。

とりあえずやることもないし、迎え入れようと腹をくくる。

「大丈夫です。お願いします」

やがて部屋に入ってきたのは、赤茶色の髪を上品に結い上げ、仕立てのいい濃紺のドレスを身にまとった婦人。

貴族社会に詳しくないアレットでも一目で高位の貴族とわかる、瀟洒で気品のある出で立ちだ。

「初めまして、私はグレシアよ。リオネル殿下とは親しくさせていただいていて、あなたのお話を聞いたから様子を見に来たの」

グレシアと名乗った女性は、アレットの母親くらいの年齢だろうか。話し方や物腰の落ち着き具合から、ある程度の年齢を重ねた人だとは思う。けれどあまりにも美しくて、ともすれば年頃の娘にも見える女性だった。

「ありがとうございます。アレット・ダンピエールと申します」

突然現れた高位貴族らしい女性を前に、アレットは緊張を隠せず、やや硬い笑みを浮かべて挨拶を返した。

一体この女性は何者なのだろうか。リオネルと親しいと言っていたが、どんな関係なのだろう。

そんな疑問が頭の中をぐるぐると渦巻いていた。

「アレットちゃん、よろしくね。緊張しなくてもいいのよ、とりあえず座ってちょうだい。妊婦に無理は禁物だわ！」

緊張を見透かされ、半ば強引にソファーに座らされたアレットは、グレシアの顔をまじまじと見て考え込んだ。

（どこかで見たような気がするのだけど……）

しかし、記憶を探ってもすぐに思い出すことはできない。

高位の女官ならば、自分がメイドとして働いていたときにどこかでお見かけしたのかもしれない。

そんなことを考えているうちに、グレシアはアレットの向かいではなく、すぐ隣に腰掛けた。

「まあまあ、近くで見るとますます可愛らしい方ね。体調が優れないと聞いたけど、今は大丈夫？」

「は、はい、おかげさまでだいぶよくなりました」

最初こそ少しかまえていたアレットだが、気さくに話しかけてくるグレシアの柔らかな雰囲気に、次第に緊張が解けていく。

相変わらず彼女の目的は謎だが、悪い人ではなさそうだ。

「子供ができるのは喜ばしいけれど、妊娠は辛いことも多いわよね。私もリオ……こほん、息子を身ごもったときはつわりがひどかったのよ。つわりが終わったと思うと、今度はだんだんとお腹が重くなってくるしねえ」

「息子さんがいらっしゃるのですか!?」

アレットは驚いてしまった。確かに子供がいてもおかしくはない年齢なのだろう。けれど、大理石のように滑らかで張りのある肌や、柳のように細い腰は、とても出産を経験した女性のものには見えない。

「ええ、あなたよりも大きい不肖の息子が……ね」

グレシアは柳眉を上品にひそめ、少し困ったような顔をして、ほうとため息をついた。そんな表情も美しく様になっている。

「それは、さぞや素敵なお方でしょうね。お母様がこんなに美しいのですから」

「あらあら、お上手ね」

グレシアはおかしくてたまらない、というようにくすくすと笑う。

色々と話すうちに、アレットはグレシアに対して好意を抱くようになった。

上品な大人の女性なのに、鈴を転がすように笑う姿は少女のように可愛らしく、憎めない。

「体調がよいのなら、こんなところに閉じ込められて、退屈しているのではなくて？」

「退屈とまではいきませんが、何もせずごろごろしているのはなんだか申し訳なくて……。身体はあまり動かせないので、せめて何か勉強でもしようかと思っていました」

「ごろごろするのも妊婦の仕事のうちだけど、そうね……時間のあるうちに宮廷の作法なんかは学んでおいたほうがいいかもしれないわね」

グレシアは少し考えるような仕草をすると、「そうだ、私が教えて差し上げるわ」と目を輝かせた。

「グレシア様のような方は、お忙しいのではないですか？」

ありがたい申し出ではあるが、女官として出仕しているのならば忙しいはずだ。

「いえいえ、そんなことはないのよ。けれど、私もそんなに教えるのが上手なわけではないから、安定期に入ったらきちんとした先生をつけるわね」

「先生だなんて、そんな……」

手慰み（てなぐさ）みに何かやってみようと思っただけなのに、なんだか大事（おおごと）になりそうだ。

アレットは慌てて断ろうとしたが、結局グレシアに押し切られてしまい、明日から宮廷作法を教えてもらうことになってしまった。

「あまり長居するのも申し訳ないから、今日のところはここでお暇（いとま）するわ。また明日ね、アレットちゃん」

「ありがとうございました。とても楽しかったです。明日からよろしくお願いします」

気が付けば半刻ほどの時が過ぎていたが、楽しかったせいか、あっという間に感じる。

グレシアはまるで友達に挨拶（あいさつ）するかのように手をブンブン振ったかと思うと、春の嵐のごとく去っていった。

❖

夕刻。リオネルは政務を早めに切り上げ、夕食に間に合うようにと足早に部屋へ戻ってきた。

ここ数年、一人の女性とゆっくり夕食をともにするなどなかったことだ。

少し上がった息を整えつつそっと部屋の扉を開けると、ソファーに座っていたアレットが立ち上がって「おかえりなさい」と迎えてくれる。

その様子に、リオネルは少し照れくさい気持ちになった。

なんだかもう本当の夫婦みたいだな、と思うが、まだそれを口にする勇気はなかった。

「今日は何をしていたんだ？　体調は悪くならなかった？」

「ええ、大丈夫です。読書をしたり、昼寝をしたり、のんびり過ごしてしまいました」

「それでいい。今は一番大事な時期だと聞いた。できるだけ安静に過ごすべきだろう」

朝と同じように二人で食事を取りながら、他愛もない会話を交わす。

側妃とはこのような会話をするときも気を抜けず、彼女たちと接することは仕事のようなものだと思っていた。けれどアレットと話していると心が安らぐ。

リオネルは誰かと食事をともにする喜びを久々に思い出しただけでなく、アレットと過ごす時間に居心地のよさを感じていた。

「それから、グレシア様という方がお見えになりました。とても素敵な方で、おしゃべりに夢中になってしまったんです」

「……グレシア？」

リオネルは聞き慣れない名前に怪訝な顔をした。まさかアレットが妊娠していることを嗅ぎつけて、どこかの密偵が送り込まれてきたのかと疑ったのだ。

「ええ、殿下と懇意にされている女官と伺いましたが……ねえ、ユニス？」

アレットに話を振られて、給仕をしていたユニスがぎくっと身を強張らせる。その様を見て、リオネルは射殺さんばかりの視線をユニスに向けた。

「どういうことだ？　ユニス」

ユニスはその視線に怯えながらも、恐る恐る口を開いた。

「も、申し訳ございません。グレシア様は……グレース様です。正体を隠してアレット様にお会いしたいと、今日突然いらっしゃいまして……」

予想外の答えにリオネルは一瞬ぽかんとし、アレットは「ええ⁉」と素っ頓狂な声を上げた。

「そんな、王妃様の髪は金髪では？　グレシア様は赤茶色だったわ」

「きっと魔法で変えていたんだろう……。すまない、アレット。きっと紹介されるまで待ち切れなかったに違いない。母は、子供ができたことをとても喜んでいたから」

リオネルは己の母の勝手な行動に頭をかかえた。一国の王妃ともあろう人が、そんな子供のような真似をするとは……

いや、意外でもなんでもなかった。そういう母親なのは、これまでの経験で百も承知だったはずだ。

アレットの妊娠で頭がいっぱいになってしまい、警戒するのをすっかり怠っていた自分が悪い。

というか、それを見越していたずらを仕掛けたに違いないのだ、あの人は。

「どうしましょう。私、女官だと言われて信じ切っていました。王妃様に対して礼儀もなっていなかったし、それどころか明日もお会いする約束をしてしまいました！」

「向こうのほうが礼を欠いているのだから、そんなことは気にしなくていい。だが、明日も会うとはどういうことだ？」

「私が少し時間を持て余していると言ったら、明日から宮廷作法を教えてくださると……」

リオネルはグレースの行動の早さに、驚きを通り越して呆れてしまった。どうやら母はアレットを随分と気に入ったらしい。

「もうそんな約束をしているとは……本当に油断も隙もないな。アレット、君は大丈夫か？　無理をしているなら、私から断るが」

「いえ、本当にありがたいお話だと思っています。けれど、高位の女官の方に時間を割いていただくのですら申し訳ないと思っていたのに、ましてや王妃様だなんて……」

「あの人が言い出したことだ。アレットが嫌でなければ色々学んでおくといい」

アレットが正妃になるならば、宮廷作法は必ず必要になる。それを教えてくれるのはありがたいことだ。とはいえ、グレースがいつになく張り切っているのが気にかかる。

リオネルはあとで母に会って、アレットにかまいすぎないよう、しっかり釘を刺しておかねばと思った。

夕食を終えたところで、リオネルはアレットの顔色を窺う。相変わらず食は細いものの、本人の言う通り体調は安定しているように見えた。

「もし体調が悪くなければだが、もう少し話をしてもかまわないか？」

「ええ、大丈夫ですよ」

リオネルとアレットはテーブルからソファーへと移動し、ユニスにお茶を淹れるよう頼んだ。

「昨日はあまり話せなかっただろ？　よければ、君のことを聞きたいんだ。どうやって育ったかとか、何をするのが好きかとか、差し支えない範囲でいいんだけど」

昨日は色々あったせいでたいした会話はできなかった。けれど急にこのような関係に陥ってしまった自分たちは、お互いをよく知って、少しずつでも距離を縮めていく必要があるとリオネルは思っていた。

これまでのやり取りの中で、アレットが心優しい素敵な人であることは十分わかっていたが、逆に言えばそれぐらいしかまだ知らないのだ。

「そうですね、もうご存知かもしれませんが、私の父は男爵です。けれど母は平民で……」

アレットは自分の母がダンピエール男爵の愛人だったこと、その母と慎ましやかに二人で暮らしていたことを語っていく。

アレットの基本的な情報については、エルネストがまとめてくれた報告書に詳細に記されていたので、リオネルもある程度は知っていた。

その報告書から、てっきりアレットは父のダンピエール男爵とは折り合いが悪いものと思っていたが、そうでもないらしい。疎遠になってはいるものの、完全に連絡が途絶えているというわけではなさそうだし、彼女は父に感謝もしているようだ。

「アレットの母上とダンピエール男爵に、近々挨拶をしなければならないな」

「そんな！　殿下自らご挨拶など、恐れ多いことです……」

「そういうわけにはいかない。大事なご令嬢をこのようなところに縛り付けることになってしまったのだから。本当はすぐにでも行かねばならぬところだが、まだお腹の子の存在を公にするのはまずいんだ。私の都合で遅くなってしまってすまない」

「お気遣いいただき、ありがとうございます。父とはあまり連絡を取っていないので、知らせるのはもっとあとでもいいくらいです。母はものすごく驚くと思いますが、きっと祝福してくれるでしょう」

「そうだといいが、念のため頬を一発叩かれるくらいの覚悟はしておこう」

リオネルのおどけた様子に、アレットはくすくすと笑い出し、リオネルもつられて笑った。

そのあともお互いの食べ物の好みや、休みの日の過ごし方など、あたかもお見合いでもしているかのような話をした。

本当に自分たちはお互いのことを何も知らなかったのだ。

そうしてひとしきり話してから、リオネルは暇を告げる。

「あまり長くなっても身体に障るから、そろそろ失礼しよう。今日の分の魔力を送るよ」

そう言うと、アレットの顔がさっと赤く染まり、見るからにそわそわとし始める。おそらく昨日の魔力供給を思い出したのだろう。

実のところ、リオネルはキスではなく別の手段で魔力を供給しようとしていた。

昨日は急を要する事態だったからあのような手段を取っただけで、他にいくらでもやりようはあるのだ。

しかし、アレットの薔薇色に染まった頬や、落ち着きなく彷徨う大きな黒い瞳、期待しているかのように潤った唇を見て、気が変わった。

きっとアレットは、魔力を供給する方法がキスしかないと勘違いしている。リオネルは、あえてそれを正そうとは思わなかった。

「じゃあ、いい？」

「は、はい……」

アレットはそう言って目をつむり、身体を強張らせながらも彼に身を任せる。その様子はとても可愛くて、リオネルは自分の理性がぐらつくのを感じた。

慌てて気を引き締め、一呼吸置いてからアレットにそっと口付ける。

唇を軽く食んで、舌でくすぐるようにペロリと舐めると、アレットの口が薄く開いた。そこから舌を差し込み、彼女の舌に絡める。

アレットがこくりと喉を鳴らしてリオネルの魔力がこもった唾液を飲み下した。

唇を離すと、アレットは苦しそうにはあはあと荒い息をしている。そういえば、昨日もこのように肩で息をしていた。

「キスの間は鼻で息をすればいい」

「そ、そうなんですね。すみません、慣れていなくって」

リオネルはアレットの『慣れていない』という言葉に思いのほか舞い上がってしまう。

「私が教えるから、いいよ」

そう言って練習とばかりに、またアレットに口付けをしたのだった。

❖

リオネルから魔力供給を受けるたびに高鳴ってしまう胸の鼓動や顔の火照(ほて)りを、アレットは抑えることができなかった。

自分がこんなに舞い上がっているようでは、リオネルもさぞやりにくいだろう。彼にとってこのキスは特別なものなどではなく、ただ魔力を送るためだけの作業なのだから。

そう考えると、胸がチクリと痛んだ。

(どうして、どうして胸が痛むのかしら……)

「でん、か……」

心なしか昨日よりも激しい口付けの合間に、アレットは無意識のうちにリオネルを求めて声を漏らしていた。するとリオネルは唇を離し、囁(ささや)くように言う。

「アレット……殿下ではなく、リオネルと」

鼻と鼻が触れそうな距離で、二人は見つめ合う。

名を呼ぶことを許してくれたのは、心の距離が近付いた証拠なのだろうか。

(それとも、ただの気まぐれ？)

そんな思いがちらりと脳裏を掠めるものの、胸から溢れ出そうになっている何かが、自然とアレットにその名を呼ばせていた。

「リオネル様……」

「そうだ」

リオネルは満足そうに笑みを浮かべると、またキスをする。

口付けが終わる頃には、アレットの身体には力が入らなくなっていた。リオネルに抱き上げられて寝室のベッドまで運ばれる。

ベッドに下ろされると、身体の上を清浄な風がさっと通り過ぎた気がした。

「清めの魔法をかけた。少し無理をさせてしまったから、今日はこのまま休むといい」

「……ありがとうございます」

リオネルは端整な顔で爽やかに微笑むと、静かにアレットの寝室から出ていった。

アレットはその背中に何か声をかけようと思ったが、思いとは裏腹に、口からはなんの言葉も出てこなかった。

翌日、お昼過ぎに現れたグレースは、豪華な金髪を緩く結んで横に垂らしていた。

「早速バレてしまったようね。リオネルからお小言をもらってしまったわ」

グレースはほほほと笑いながら、少女のように天真爛漫な笑顔で悪びれずにそう言った。

「ごめんなさいね。義娘と孫ができると思ったら、いてもたってもいられなくて」

「そんな、孫はともかく、義娘だなんて……」

「あら！　リオネルと結婚したら、あなたは私の義娘よ。何か間違っていて？」

グレースにそう言われて、アレットは初めて己の立場の曖昧さに気が付いた。子供のことで頭がいっぱいになっていたが、自分はこれからどうなるのだろうか？

リオネルの真摯な態度を見るに、子供だけ取り上げて無責任にアレットだけ放り出すということはまずないだろう。

では六人目の側妃として召し上げられるのだろうか？　あるいは愛妾として世を忍びつつ生きることになるのだろうか？

どちらの場合も、これまでの生活とかけ離れ過ぎていて、人生経験の浅いアレットには上手く想像できなかった。

ひとつだけわかるのは、側妃にも愛妾にもなりたくないということ。

それはきっと、自分がリオネルに惹かれ始めているからなのだろう。そうでなくとも市井で育ったアレットには、夫に他の女性がいるなんて耐えられそうになかった。

いや、そもそも身分が違う。アレットが望むと望まざるとにかかわらず、結婚などとうてい無理だろう。

「私が結婚など……とても……」

小さく呟いたアレットの言葉はグレースには届かず、部屋の片隅に落ちていった。

「それじゃあ、今日のお勉強を始めましょうか。気分が悪くなったら遠慮しないですぐに言うのよ」

「はい。よろしくお願いします」

アレットはリオネルとの関係を頭の隅に追いやり、グレースとの勉強に集中しようとしたけれど、なかなか上手くはいかなかった。

その日の夜、アレットは一人でベッドに寝転んで、昼間に考えていたことに思いを巡らせた。

自分とリオネルの関係のことだ。

リオネルの側妃について詳しい知識のなかったアレットは、グレースが帰ったあと、ユニスに尋ねてみた。どの側妃も名のある公爵家や侯爵家の令嬢で、一番身分の低い者でも伯爵家の出だという。予想はしていたことだが、アレットとは比べるまでもない。

グレースは『結婚』などと言っていたが、いくら考えてもリオネルと自分が結婚などできるとは思えなかった。

　それに、万が一結婚できたとしても、リオネルに側妃が五人いるという事実は変わらない。

　リオネルが側妃のことを口に出したことはなかったし、アレットもそれどころではなかったからすっかり頭から抜けていたが、改めて考えるととても耐えられなかった。

　リオネルと側妃が寄り添う姿を想像すると、アレットの胸は苦しくなり、黒い靄がかかったような嫌な気持ちになる。

（……これは嫉妬だわ）

　アレットは愚かにも、身分違いの王太子に恋心を抱いてしまったのだ。

　一度自覚すると、もう止めることはできなかった。

　アレットを撫でてくれた大きな手、かかえてくれた力強い腕、まるで愛おしむかのような眼差し、熱い唇……

　最初はあれほど怯えていたにもかかわらず、今やリオネルの全てがアレットを惹きつけていた。

　だからこそ苦しい。

　他の女性と寄り添うリオネルを見るくらいならば、いっそ彼と離れて暮らしたほうが幸せな気がした。

（……そうなったら、お腹の子はどうなるのかしら？　取り上げられてしまうの？）

リオネルと離れた上に、子供とも引き離されてしまったら……

そんなのは絶対に嫌だ。

何があっても、この子だけは自分の手で育てたい。

アレットはベッドの上で身体を丸め、絶対にこの子を手放したりしないと固く誓った。

9

それからもアレットはグレースから作法を学んだり、ときには……というか大半は、彼女との他愛もないおしゃべりを楽しんだりした。

その付き合いの中で、グレースは間違いなく善人で、アレットやお腹の子のことを思い、気遣ってくれていることがわかった。

グレースとのおしゃべりはアレットにとっても数少ない楽しみのひとつになり、恐れ多いことではあるが、義母（はは）というより本当の姉のように感じ始めていた。

けれど、ふとした瞬間に虚しい気持ちになることがある。

グレースとの関係もここにいる間だけのもの。自分がリオネルのもとを離れたら、もう話すことすらできなくなってしまうだろう。

それに、もし自分が子供を連れて王宮を出たいと言ったら、グレースはなんと言うだろうか。

なんだかグレースを裏切っているようで、親切にされればされるほど、アレットの胸の中にはもやもやとした澱が溜まっていった。

そして表面上は穏やかな生活が一週間ほど続いた日の朝、ユニスが見たことのないドレスを出してきた。

「アレット様、今日はこちらをお召しくださいね」

「ユニス、これはどうしたの？」

薄黄色の柔らかい布で作られたそのドレスは、アレットのような素人が見ても、一流の職人の手によるものとわかる逸品だった。

「リオネル様からの贈り物ですよ。昨日こちらに届いたんです。他にも何着かありますよ」

「ええっ!?　こんな高価そうなものをいただいても大丈夫なのかしら……」

「もちろんですとも。アレット様は色々と大変な目にあわれていましたし、これからもっと頑張らなければならないのですから、これぐらい当然ですわ」

ユニスが遠慮は不要とばかりに早速ドレスを着付けてくる。

「そうかしら……とりあえず、お礼を言わなくちゃ」

アレットはリオネルの部屋に居を移してからも、自分の部屋から持ってきた簡素なワンピースを着ていた。

どうせ人前に出ることはないからと思って地味な服装でいたのだが、美しいドレスを目の前にして、心が動かないと言えば嘘になる。

それに何より、リオネルからの贈り物だ。

彼がアレットのために用意してくれたという事実が、アレットの心をどうしようもなく弾(はず)ませた。

「素敵ですわ！　アレット様」

身につけたドレスはふわっと軽く、切り返しが胸の下にあるためお腹周りも楽だった。

身重のアレットが着ても負担にならないものをリオネルが選んでくれたのだろう。彼の細やかな気遣いに嬉しくなった。

今後のことを考えて沈みがちだった心が自然と浮き立ち、アレットは足取り軽く寝室を出る。リオネルはすでに訓練から戻ってきており、ティーカップを片手にソファーでくつろいでいた。

「お待たせしてしまって申し訳ありません」

「いや、私も今戻ってきたところだよ。慌てなくていい。それよりアレット、そのドレス似合っているよ」

お世辞だろうと思いつつも、リオネルに褒められるとくすぐったい気持ちになる。

（男の人に服装を褒められたことなんてあったかしら？　ひょっとしたら生まれて初めてかもしれないわ……）

「ありがとうございます！　あの、このドレス、とても着心地がいいです。お腹のこと、気遣ってくださったんですよね？」

「ああ、妊婦でも負担にならないものを探したんだ。お腹が大きくなったら、今着ている服は着られなくなってしまうだろう？」

「あ、そうですね。私、まだなんにも考えてなくて……。本当に助かりました」

「まだ妊娠がわかって日が浅いんだ。私もまだまだ勉強不足だが、必要なものはできるだけこちらで揃えるようにする。アレットも、他に何かいるものがあったら遠慮なく言ってくれ」

「ありがとうございます。ユニスやグレース様にも相談して、考えてみますね」

新しいドレス、それもリオネルから贈られたドレスで食べる朝食はなんだか特別な気がして、アレットはふわふわと舞い上がるような気持ちだった。

「ところでアレット、今日はこのあと庭園を一緒に散歩してみないか？　ずっと引きこもっていたら、気が滅入ってしまうだろ？」

「嬉しいです！　でも、私が外に出て大丈夫なのですか？　それに、政務もおありなのでは……」

リオネルはこの一週間、アレットと食事を取るとき以外は常に忙しそうにしている。これ以上自分のために時間を使わせるのは申し訳ない。

「私だってたまには休みたいさ。といっても丸一日は無理だが、今日の午前中は一緒に過ごそう。庭園には王族専用の区画があって、そこなら私や父上たち以外の人は入れないから大丈夫だよ。その区画までは人目につかないよう結界を張って移動しよう。君に不自由な思いをさせてしまってすまないが……」

「もう、また謝っていますよ。私はここで自由に過ごしてますから、お気になさらないでください」

リオネルがまた罪悪感を宿した瞳で見つめてきたので、アレットはそれを払拭するように明るく答えた。

「そうだな。いつもここにいてくれてありがとう、アレット」

「ふふふ、どういたしまして。お庭に出るの、とっても楽しみです。私は一般区画にしか入ったことがありませんが、そこでさえあれだけ美しく整えられていますものね」

「ああ、母がこだわっているんだ。大の花好きだからな。凄腕の庭師たちを何人も雇い、自ら采配を振るって整えさせている。母が口を出すようになってから、以前にも増して綺麗になったと評判だ。楽しみにしていてくれ」

こうしてリオネルと穏やかな時間を過ごせることが夢みたいに幸せで、アレットはこれからの自分の立場について、彼に問うことができないでいた。

それを聞いたら、この心地よい関係が壊れてしまう気がして……

今だけは胸に渦巻く暗雲から少しだけ目を背けて、リオネルとの時間を楽しみたかった。

それぐらいの贅沢は、きっとお腹の子も許してくれるだろう。

新しいドレスに身を包んだアレットが想像以上に可憐で、リオネルは初恋に胸を焦が

す少年のような気持ちになった。

アレットの透き通った白い肌に、淡い色の布地がよく映えている。そして何より、彼女が自分の贈ったものを着ているという事実が、リオネルを密かに興奮させていた。

(こんなことならもっと早く贈ればよかった！)

自分が表立って女性の……しかも妊婦用のドレスを仕立てれば、どこからかその情報が漏れてしまう。だからリオネルは用心のため、エルネストの奥方に依頼してこれらのドレスを仕立ててもらった。

エルネストやその奥方が急いでくれたからこそ、依頼してから一週間という短い時間でドレスが届いたのだが、自分が直接仕立て屋に頼めばもう少し早く届いただろうと、そんなふうに思ってしまうリオネルだった。

朝食後、お腹が落ち着いたところで、リオネルはアレットに声をかけた。

「そろそろ行こうか」

するとユニスが「こちらをどうぞ」と言って、シックなボレロと上品な羽根飾りのついたつば広の帽子を差し出す。

アレットが立ち上がると、ユニスはその肩にボレロをそっとかけた。

「まあ、これもリオネル様が？」

「ああ、外に出るには必要だろ？」

「何から何まで……ありがとうございます」

恐縮するアレットに、リオネルは微笑んだ。

改めて彼女の立ち姿を見て、その可憐さに思わず見とれる。

そして部屋を出ようとするとき、リオネルはアレットに手を差し出した。

「手を。つまずいたりしたら、危ないだろう？」

「は、はい……」

アレットは熟れたトマトのように顔を真っ赤にして、手を重ねてくる。

つまずいたら……というのも嘘ではないが、そんなのはほとんど建前で、リオネルは
ただアレットと手を繋ぎたいだけだった。

アレットの手は、少し前までメイドとして働いていただけあって、ややかさついている。

だがそんなところも愛おしくなって、リオネルは彼女の手の甲を親指で優しく撫でた。

「……あ、あの、すみません」

アレットがうつむきながら小さく呟く。

「ん？」

「綺麗な手では、ありませんので……ちょっと、恥ずかしいです」

「そんなことないよ。私好みの可愛らしい手だ」

リオネルは繋いだ手を持ち上げて、アレットの指先に啄むような口付けをした。

「あの……お世辞でも嬉しいです」

リオネルは『お世辞じゃない』と言おうとしたが、アレットが照れを隠すように「じゃあ行きましょうか」と手をぐいぐい引っ張り始めたので、タイミングを逃してしまった。

リオネルの部屋から庭園まではすぐだが、念のため他の者に見られないよう結界を張って移動する。

リオネルは庭園に向かいながら、こうして女性と手を繋いで歩くのは、生まれて初めてではなかろうかと考えていた。

紳士として、女性をエスコートしたことなら数え切れないほどある。けれど、こうして市井の恋人たちのように手を握って歩いた記憶はない。

どこか気恥ずかしい思いがして隣を見ると、アレットも頬をほんのりと赤く染めていた。

毎日キスしているし、それ以上のこともしたことがあるのに、手を繋いだだけで照れるのはなんだかおかしな話だ。けれど、そういうのも悪くないとリオネルは思った。

色とりどりの花が宝石のように咲き乱れた庭園へと足を踏み入れる。リオネルは周囲に誰もいないことを確認してから結界を解いた。

魔力を消費したとき特有の、わずかな疲れを感じる。

姿をくらます結界は便利だが、高度な魔法でもあり、結構な魔力と集中力を使うのだ。

「わあ、すごいですね！」

様々な草花が美しさを競うかのように咲き誇る庭園に、アレットが感嘆の声を上げた。

「あちらの温室は中の気温が魔力で制御されていて、四季の花々が咲いている。この辺りでは見られない珍しいものもあるから、よければあとで行ってみよう」

「そんなこともできるんですか⁉　魔法ってすごいですね」

産まれたときから周囲の人々は当然のように魔法を使いこなしていたし、リオネル自身も物心ついた頃から慣れ親しんでいる。自分にとって魔法は、いわば当たり前のものになってしまっているが、アレットにとってはそうではないのだろう。

彼女は無垢な少女のように目を輝かせて温室のほうを見ていた。

「こんなこともできるよ」

少し悪戯心がわいたリオネルは、ごく初歩的な風の魔法を操って、アレットの帽子をふわりと空高く舞い上げる。

「きゃっ！」

突然巻き起こった風に、アレットは小さく悲鳴を上げてたたらを踏んだ。そのほっそりとした腰を支えつつ、リオネルは風を制御して帽子をアレットの頭にゆっくり着地させた。

「ごめん、驚いた?」

驚いて目を丸くしているアレットに、噴き出しそうになるのをこらえながら謝る。

「もう、びっくりしました! でも、魔法が使われているところってあんまり見たことないから、なんだか楽しかったです」

アレットは少しむくれてみせたあと、ぱっと笑顔になる。陽の明るさも相まってか、そんなアレットがひどく眩しく見えた。

ここ一週間ほど、アレットは基本的には元気に過ごしていたものの、ふとした瞬間に疲れているような、気が塞いでいるような表情を見せることがあった。

ただでさえ妊娠初期で心身ともに不安定だというのに、住む場所や取り巻く環境を無理矢理変えてしまったせいかと、リオネルは責任を感じていたのだ。

けれど彼女は庭園に来てから清々しい笑顔を見せてくれるので、リオネルも少し安堵した。

「アレットが望むならいつでも見せるよ。それに、産まれてくる子供もきっと……いや、確実に魔法を使いこなすだろう。どういう種類のものがあるのかだけでも学んでおくといい」

「そうですね。もし入門書のようなものがあれば貸していただけませんか？　本を読む時間はたくさん取れそうですから」

「ああ、よさそうなものを見繕っておこう」

そんな話をしながらところどころで休憩を挟み、温室に移動する。中に入ると、アレットはすぐに四季折々の花々に夢中になった。

リオネルはそんな彼女を見守りつつ、花を見てこれほど喜んでくれた女性が他にいただろうか、などと考える。

側妃たちは、絹のドレスや豪華な宝石には目を細めて喜んだけれど、庭園に興味を示したことなど一度としてなかった気がする。

「疲れただろ？　そろそろ戻ろうか」

「はい。今日はありがとうございます。久々に外の空気に触れたら、なんだか元気になりました」

そう言って微笑むアレットを見て、リオネルは彼女をここに連れてきてよかったと、心の底から思った。

「そうか、ではまたこのような時間が取れるよう努力するよ」

「お忙しいのでしょう？　どうか無理はしないでくださいね」

「いや、私もいい気分転換になったよ。たまにはこうして息抜きしたほうが仕事の効率も上がる」

あの手この手で、一秒でも長くリオネルを引きとめようとする側妃たちと違い、アレットはなるべく彼を煩わせないように気を遣っている節がある。

元来慎み深い性格なのか、身分の差を気にしているのかはわからないが、まだアレットが心を閉ざしているようにも思われて、リオネルは少し寂しく思った。

(もっとわがままを言ってくれてもいいのにな)

そうすれば、もっと自分もアレットにかまうことができるのに。

リオネルは自分でも気が付かないうちに、恋の深みにはまってしまっていた。

10

それから一か月ほど経ったある日の朝。アレットはこれまでの人生で最悪と言っていい、どん底の気分で目覚めた。

　魔力供給を受け始めてからというもの、体調はかなり良好な状態を維持していたのだが、今日は久しぶりに吐きそうなほど気分が悪かった。

「アレット様、大丈夫ですか？　無理せずお休みになっていたほうが……」

　アレットを起こしに来たユニスが、彼女の苦しげな様子を見て心配そうに眉間に皺を寄せた。

「食欲はないけれど、リオネル様が心配なさるから、少しだけ顔を見せるわ。病気というわけじゃないのだから大丈夫よ」

　しかし、『大丈夫』と言いつつもアレットの顔は幽鬼のように青白い。その顔を見せるほうがリオネルは心配するのではないかとユニスは思ったが、気丈に振る舞うアレットをこれ以上引きとめることはできなかった。

　アレットがいつもより少し遅めに居室に入ると、ちょうどリオネルが訓練から戻ってきたところだった。

「おはよう、アレット。……具合が悪そうだが大丈夫か？」

　アレットの顔色の悪さに気付いたのか、リオネルが焦った様子で問いかけてくる。

「少し気分が悪いので、朝食はご遠慮いたします。リオネル様のお食事が終わったら寝室に下がらせていただきますね」

「私のことは気にしなくていい。もう部屋に戻ったらどうだ？」

「いえ、大丈夫です」

そんな会話をしているうちに、ユニスがテーブルにリオネルの食事を並べ始めた。妊婦であるアレットに配慮して、極力匂いを抑えた献立になっているのだが、この日は焼きたてのパンがあった。

いつもは食欲をそそる香ばしい香りだが、その匂いが鼻についた瞬間、アレットは込み上げてくる吐き気を抑え切れなくなった。すんでのところで口に手を当て、浴室へと駆け込む。

「アレット！」

リオネルは慌ててあとを追う。彼が浴室を覗き込んだときには、アレットは身体を震わせながら吐いてしまっていた。

「ユニス！　ただちにドミニクを呼べ!!」

リオネルは大声でユニスに指示を出すと、アレットの横に膝をつき、優しく背中をさすった。

アレットは吐いている姿をリオネルに見られたくなかったので、正直なところそばに来ないでほしかった。けれど吐き気がおさまらず声も出せない。

リオネルに恥ずかしい姿を見られた上に、死ぬほど気持ち悪くて涙が止まらない。

「アレット、大丈夫か？　お腹の子のせいか？　それとも悪い病気にでもかかったのか？」

リオネルは落ち着きなくオロオロとしながら、それでもアレットの背中を根気よくさすってくれている。

「リオネル様、きっとつわりですから、だいじょう……」

アレットは病気ではないことを訴えようと弱々しく言ったが、慌てふためくリオネルの耳にはまったく届かない。

そしてようやくアレットが落ち着いた頃、ドミニクが現れた。

「ドミニク！　アレットが、突然嘔吐を！　すぐに診察してくれ！」

リオネルはぐったりとしたアレットをかかえて寝室のベッドに寝かせ、ドミニクに診せた。

「どれどれ、失礼します」

ドミニクは落ち着き払った様子でアレットの熱や血圧、心音などをチェックしたあと、お腹に手を当てて胎児の魔力の状態も確認する。

「ご安心ください、殿下。身体に異状はございませんので、いわゆるつわりによる吐き気でしょう」

アレットはやはりと納得したが、リオネルは高ぶった感情がおさまらない様子でドミニクに食ってかかった。

「俺の魔力を送り始めてから、体調はだいぶ回復していたはずだろう？　こんなに急に悪くなるものなのか!?」

さすがはベテランと言うべきか、ドミニクは詰め寄られても涼しい顔で説明を続けた。

「一か月前は魔力にあてられたせいもあって強く症状が出ていたのでしょうが、本来つわりは今頃がピークになりますので」

「そ、そうなのか……。それで？　これはいつ治るんだ？」

「妊娠五か月の安定期に入る頃にはおさまる方が多いようです」

ドミニクの言葉を聞いて、リオネルはこの世の終わりを見たような顔をした。

「ご、五か月？　では、あと二か月近くも続くというのか!?　アレットが死んでしまうぞ！」

吐いたことで少し楽になったアレットは、いつになく必死なリオネルを見て、他人事のようにくすくすと笑ってしまった。

ここまで慌てふためくリオネルの姿を見たことのある人が、この国に一体何人いるだろうか。

「殿下、恐れながら妊娠とはそういうものでございます。これが続くようであれば別の処置を施しますが、吐き気は食べ物の取り方などで軽減される場合もあります。ユニスさんやグレース様といった経験者にアドバイスをもらうのもいいでしょう」

「わかりました。先生、ありがとうございます」

呆然とするリオネルに代わってアレットが礼を言うと、ドミニクは部屋から出ていった。

「私もそろそろ行かなければ。アレット、くれぐれも無理はしないで、何かあったらいつでも呼んでくれ」

「はい。いってらっしゃいませ、リオネル様」

リオネルはユニスに「アレットを頼むぞ」と言ってから足早に居室を出ていった。

いつも穏やかに話し、一人称も『私』を使っているが、さっきは『俺』と言っていた。本当は後者こそが素のリオネルなのかもしれない。

つわりで辛い思いをしているアレットだったが、リオネルが思わず素の自分を出してしまうほど心配してくれて嬉しかった。

❖

つわりに苦しむアレットを残し、後ろ髪を引かれる思いで私室を出たリオネルは、急いで執務室へと向かっていた。

いつもなら多少仕事を遅らせてでもアレットのそばについているところだが、今日は朝一番で大臣たちとの議会がある。遅れていって変に勘ぐられたりするのは避けたかった。

そうしていつも通り出席し、昼頃にはつつがなく議会が終わる。リオネルが執務室に戻ると、エルネストが書類仕事に取り組んでいた。リオネルに気付いた彼は手を止めてニヤニヤとこちらを見上げた。

「何か言いたそうだが、その顔はなんなんだ？」

挑発と知りながらつい乗せられてしまったリオネルは、少し険しい声でエルネストに問う。だが、エルネストはまったく悪びれる様子もなく、涼しい顔で痛いところを突いてきた。

「いやあ、聞いたよ。今朝、嘔吐するアレットちゃんを見てひどく取り乱したんだって？」

「……誰に聞いた？」

「ユニスだよ。彼女が朝、ドミニクを呼びに行くところにばったり出くわしたんだ。あ、言っとくけど、僕が無理矢理聞き出したんだから、彼女のことは責めないでよ」

「……あんなのを見たら、取り乱すに決まっている。お前の奥方のときはどうだったんだ？」

リオネルをからかうように笑っていたエルネストだったが、自分の妻がつわりになったときのことを思い出したのか、途端にがっくりと肩を落とした。

「ま、僕も同じような状態になったよ。何もできないのがもどかしいよねえ」

「ああ、できれば俺が代わってやりたい……」

苦しむ妻を前に無力だった男二人は、うつむいて深いため息をついた。

「僕らがつわりを軽くしてやることはできないけど、精神的な支えになることはできるからさ。なるべく早く部屋に戻ってあげなよ。仕事のほうは僕も協力するから」

「ああ、すまない。恩に着る」

「あれ？　でも、リオネルがいないほうがアレットちゃん的には心が休まるのかな？　その辺どうなの？　なんたって君は強姦魔(ごうかんま)だからねえ」

「……っ」

当然のことながら、そのことに死ぬほど罪悪感を抱いているリオネルは言葉に詰まった。

（いや、でも二人でいるときはとても穏やかな時間を過ごせているし、魔力供給をするときだってアレットは恥ずかしそうに受け入れてくれる。それがまた可愛くて……）

「……嫌われてはいないと思う」

今にも倒れそうなほど顔色が悪くなったと思ったら、急に照れたような顔をしたリオネルを、エルネストは憐れみと同情を半分ずつ込めた目で見た。

「ひょっとして、まだアレットちゃんの気持ちを確認してないの？　リオネルの気持ちは伝えた？」

「言う資格がない……」

リオネルもいつかはアレットに気持ちを伝えたいと思っていた。けれど、媚薬のせいとはいえ、アレットの純潔を無理矢理奪った自分が愛を囁いてもいいものか、自信がなかった。

もし伝えたとして、それが彼女の心に届くだろうか。

「何言ってんだよ。ただでさえ不安な時期に、お腹の子の父親にどう思われてるのかもわからなかったら、余計不安になるだろ？　アレットちゃんがあからさまにリオネルを嫌がってるわけじゃないなら、伝えておいたほうがいい」

リオネルはエルネストの言葉に救われたような気持ちになった。それと同時に、アレットに曖昧な態度を取っていたことに気付き、反省した。

「そうか……。結局のところ、俺は自分のことしか考えていなかったのかもしれない。ありがとう、エルネスト」

過去の過ちは正せない。だが、これからの行動を変えていくことはできるはずだ。それを以て、自らの愛情と誠意を示すほかないだろう。

「ったく。恋愛事には不器用なんだから。じゃありオネル様に早くお部屋にお戻りいただけますよう、臣下として最善を尽くしましょうかね!」

皮肉たっぷりに言いつつもバリバリ書類を片付け始めたエルネストは、やはりなんだかんだ言っても友人思いなのだ。

そんなエルネストにリオネルは心の中でもう一度礼を言い、負けじと膨大な量の書類に立ち向かった。

リオネルのなみなみならぬ熱意とエルネストの援護のおかげか、いつもより早く政務が終わった。

はやる気持ちを抑えきれずリオネルが足早に部屋へ戻ると、アレットは意外にもいつもと変わらない様子で本を読んでいた。

「おかえりなさい。今日は早かったのですね」

「……ああ、早めに終わらせてきたんだ。朝よりは調子がよさそうだな。あのあと吐いたりはしてないか？」

リオネルはやや拍子抜けしながらもアレットの横に座り、彼女の顔をまじまじと覗き込んだ。朝と違って顔色も悪くないようだ。

「はい。ユニスが食べやすいものを持ってきてくれて、少し口に入れたらだいぶよくなりました。どうも、空腹になると気持ち悪くなってしまうみたいで」

物を食べたほうが気持ち悪くなりそうだが、つわりとはそういうものなのだろうか。なんにせよ、元気になったのであれば喜ぶべきだ。

「なるほど。では、空腹にならないようにおやつをたくさん食べなければな」

「うーん、太っちゃいそうで心配です……」

アレットはそう言って小さく口をとがらせている。

「何を言ってる。こんなに細いんだから、むしろもっと太ったほうがいい」

リオネルはアレットの手首を掴み、しげしげと見つめた。わずかでも力を入れたら、折れてしまいそうなほど華奢だ。まるでガラス細工のような手首だと思う。

「いえ！　私は手首の辺りは細いのですが、二の腕やお腹周りにはそれなりにお肉がついてまして……！」

そこまで言うと、アレットは急に赤くなって黙り込んでしまった。自分にそんな話をしてしまったことが恥ずかしいのだろうか。

そんなアレットが無性に可愛く思えて、リオネルはつい意地悪を言ってみたくなる。

「細かったよ。どこもかしこも」

アレットの手首を引き、少し身を寄せて囁く。するとアレットはますます赤くなってうつむいてしまった。

「…………覚えてるんですか？」

消え入りそうな声でアレットが言った。

「酔いと薬のせいで我を忘れてはいたが、鮮明に覚えている」

「もう！　忘れてください!!」

アレットはそう言って勢いよく顔を上げた。濡れた黒い瞳が、リオネルの目に映る。

「あっ……」

アレットが驚いたように小さな声を上げる。

リオネルが顔を近付けると彼女は長い睫毛を伏せ、二人の唇は自然に重なっていた。

あの夜を除けば、魔力供給という建前のない、初めてのキスだった。

リオネルはそっと唇に触れるだけに留め、ゆっくりと顔を離す。

アレットはよほど恥ずかしいのか、リオネルの胸に顔をうずめてしまった。黒髪の隙間から少しだけ見える耳が、ほんのりと赤く染まっている。

（可愛い。愛してる。俺の、俺だけのものにしたい……）

リオネルは溢(あふ)れる気持ちを抑えきれずにアレットを抱きしめ、彼女の耳元に唇を寄せた。

「アレット、好きだ。愛している」

リオネルがその言葉を口にした途端、アレットは弾(はじ)かれたように顔を上げる。

上気した頬と、潤(うる)んだ黒い瞳が目に飛び込んでくる。彼女は信じられないといった表情でリオネルを見つめていた。

「アレット、好きだ。愛している」

アレットはリオネルが放ったその言葉が信じられなくて、彼の胸にうずめていた顔を勢いよく上げた。

春の平原を思わせる美しい瞳が、真摯（しんし）な光を宿して自分を見つめている。

「あの、今なんて……」

「私にこんなことを言われても困るかもしれないが……アレット、君が好きだ」

愛の言葉が紡（つむ）がれるとともに、アレットの背と腰に回されたリオネルの腕にぎゅっと力が込められる。

アレットの心臓は、これ以上ないほど高鳴っていた。

「私も……私も……好きです」

アレットは熱に浮かされるように呟（つぶや）いた。

リオネルのそばにいられるのは、子供を産むまでの間だけだ。だから、この想いを告げようとは思っていなかった。

けれど、こうしてリオネルに愛を伝えられると、我慢できなくなってしまう。

いっぱいになった杯（さかずき）から水が溢（あふ）れるように、アレットの口から『好き』という言葉がこぼれ落ちていく。

そんなアレットの告白を聞いて、リオネルは驚いたように目を見開いた。

「……本当に？」

「こんなことで、嘘は申しません」

アレットが少し拗ねるように言うと、リオネルは心の底から愛おしそうに目を細めた。

「ありがとう、アレット。最高に幸せな気分だ。おそらく今までの人生で、一番」

「お、おおげさです！」

「そんなことはない……」

そう言ってリオネルが見せる笑みは、悪魔めいた美しさを持っている。

彼はそんな笑みを浮かべたまま、赤く染まったアレットの頬に口付け、そしてもう一度唇を重ねた。

ちゅっちゅっと啄むようなキスがだんだんと深くなっていく。リオネルがねぶるように舌で歯列をなぞり、口蓋をくすぐる。そして舌を絡められたと思ったら、じゅっと吸われた。

いつもと同じようでいて、まったく違うキス。

ひと月以上もの間、毎日唇を重ねていたはずなのに、初めてキスするようだ。その甘美さに、アレットは翻弄されてしまった。

愛に味があるとするならば、きっとこのような甘さなのだろうと思いながら。

キスの余韻を味わうように見つめ合っていると、控えめなノックの音が響いた。

「そろそろやめないと、食事が冷めてしまうな。さっきからユニスが困っている」

「ええっ!?」

アレットはまったく気付いていなかったが、どうやらユニスは一度部屋に入ってきていたらしい。しかし二人の様子を見て静かに退室したようだ。

(キスしているところを見られたのかしら……)

アレットは羞恥(しゅうち)で顔が熱くなったが、リオネルは涼(すず)しい顔をしていた。

そのあとすぐに用意してもらった夕食は、いつにも増して食が進まなかった。しかし、それは気持ち悪かったからではない。

「アレット、全然食べていないけど、大丈夫?」

「大丈夫です。あの、なんだか胸がいっぱいで……」

気恥ずかしく思いながらも、アレットは食欲がない理由をリオネルに説明した。

「アレットは可愛いな。けど、お腹が空くとまた気持ち悪くなってしまうかもしれないのだろう? 少しずつでも、食べたほうがいい」

リオネルは嬉しそうにしつつも、アレットを心配する。

「そうですね。もう少し頑張ってみます」

なかなか食欲はわかないが、リオネルの言うことはもっともだ。アレットはなんとか食べやすそうなものだけでもと思い、食事を口に運んだ。

夕食を終え、寝支度を整えてベッドに横になると、アレットは先ほどのリオネルの告白を何度も思い返した。

自分を好きだと、愛していると言ってくれたリオネル。

彼の言葉を聞いたときは、本当に嬉しくて幸せだった。嘘や気まぐれなどではなく、本心から言ってくれたのだとわかったから。

けれど、それはどの程度のものなのだろう。リオネルには側妃が五人いるが、彼女たちのことも同様に愛しているのだろうか。

（あの告白は、大勢いる女性のうちの一人として、という意味？　それとも……唯一無二の相手として……？）

考えても答えが出るわけではないのに、先ほどから同じ疑問が頭の中を巡っていた。

普通の恋人同士ならば、想いを通わせた今が一番幸せなときなのかもしれない。現にリオネルも、今までの人生で一番幸せだと言ってくれた。

アレットもとても幸せな気持ちを味わったが、冷静になってみると、これはよくないことだったのではないかという思いがわいてくる。

アレットがリオネルの部屋で暮らすようになって以来、彼は毎日自分の寝室で寝ている。つまり、側妃たちのいる後宮へは顔を出していないということだ。

今はアレットが妊娠しているから関心を向けてくれているのかもしれないし、もしかしたら気を遣って近くにいてくれているのかもしれない。

しかしこのまま一緒に生活していれば、リオネルが側妃のもとへ通うところを目にすることもあるはずだ。

そのとき、自分はどうなってしまうのだろう。アレットはそれが怖かった。

取り返しのつかないところまでのめり込んでしまう前に、リオネルのそばから離れたほうがいいのだとは思う。けれどリオネルからの魔力供給がなければ、お腹の子を無事に育てることはできない。

結局今は、リオネルが側妃のもとへ行かないように祈りつつ、ここで暮らすほかないのだ。

そう結論付け、アレットはそれ以上思い悩むのはやめにして、眠りにつくことにした。

11

アレットと想いが通じ合ってから、リオネルは今まで以上に彼女のことが愛おしくてたまらなくなった。

アレットは少し困ったような顔をしながらも、何気ないキスや触れ合いにも応えてくれる。

リオネルは精神的には満たされた日々を送っていたが、アレットとの接触が増えるにつれて、肉体的な辛さは増すばかりであった。

けれど、始まりが始まりだっただけに安易に手は出せないと思っていたし、何より彼女は妊婦だ。

リオネルのことを愛してくれているにせよ、肉体的な接触は嫌かもしれない。

そういうわけでリオネルは、若い肉体にこもるエネルギーを持て余し、悶々とする日々を過ごしているのだった。

その鬱憤を晴らすかのように、朝の訓練に力を入れている。けれど相手をさせられる近衛兵たちにとっては八つ当たり以外の何ものでもなかった。

そんなある日の執務室。

リオネルはエルネストと二人で、側妃たちとの離縁に向けての進捗を確認していた。

「アバロ公爵とシャブロル公爵には、離縁について納得してもらった」

二人の公爵にはリオネルに世継ぎができたことを内々に明かし、彼らの娘であるブランシュとカミーユの降嫁(こうか)先を提案したことで、離縁を了承してもらうことができたのだ。たとえ側妃(そくひ)たちに納得してもらっても、彼女たちの実家が了承しなければ、離縁は上手くいかない。

だからこうしてあらかじめ実家のほうに根回ししておく必要がある。

「それはよかった。こちらも、ブルレック侯爵については調べがついたよ。どうやら領地経営が上手くいかずに、だいぶ財政が傾いているようだね。多額の慰謝料と経営を立て直すための人材を手配すれば、マルグリット様の離縁についても受け入れるんじゃないかな」

「なるほど。それからナターシャのことは？」

「ああ、ベルリオーズ伯爵が満足するような嫁(とつ)ぎ先を見つけたよ。ナターシャ様は特に反抗的なお方ではないし、問題ないだろう」

「わかった。しかし根回しは、やってやりすぎることはない。後々不満が出ないよう、引き続き調べを続けてくれ」

「ああ、わかった」

エルネストが頼もしく頷く。そして、一旦この話はおしまいとばかりに肩の力を抜き、別の話題を切り出した。

「ところで、今年もそろそろリークウッドに行く時期だけど、行程はいつもと同じでいいかな？」

そう問いかけられても、リオネルはなんのことだかすぐには分からなかった。しばらくして、毎年恒例となっているリークウッドへの視察の時期が迫っていることを思い出した。

「もうそんな時期か……。今王宮を離れたくはないが、そうも言っていられないな」

リークウッドは国境沿いにある、数十年前に戦火に焼かれた街だ。とはいえ、もうとっくに復興しているし、敵対していた隣国との関係も改善している。

それでもなお、毎年終戦の日には王族が訪問し、戦死者たちに祈りを捧げることが慣例となっていた。

今はなるべくアレットのそばを離れたくないリオネルだったが、政治的にも倫理的にも大きな意味を持つこの公務に、さすがに穴を空けることはできなかった。

「視察は最低限の所にだけ行くようにして、なるべく短めの日程にしてもらいたい。アレットへの魔力供給のこともあるし、今は極力そばにいてやりたいんだ」

「もっともだね。任せておいてくれ」

エルネストはすぐに行程の作成に取りかかり、その日の午後にはリオネルにたたき台を見せてくれた。

「どんなに頑張っても三日はかかるよ。しかも一日目の早朝に出て、三日目の夜遅く帰ってくることになるけど……」

「いや、十分だ。無理をさせてすまない」

リークウッドは王都からかなり距離があるため、まずは転移の扉と呼ばれる魔法装置を使って近隣の大都市まで飛ぶことになる。

この転移の扉は瞬時に遠くの場所まで移動できるとても便利なものなのだが、高位の魔導士が何人も集まって制御しなければならない。

気軽に使うことはできないため、リークウッドに行く際にはついでに周辺都市にも立ち寄って視察を行うのだ。だからこの視察には、例年一週間はかかる。

それを三日まで短縮させたのだから、これ以上を望むのは贅沢を通り越して無理というものだろう。もっと短くしろというのは、エルネストにも、一緒に行く近衛兵や文官にとっても酷だ。

（三日間か……）

アレットへの魔力供給は毎日欠かさず行っているが、一度供給すれば、おそらく一日半から丸二日はもつだろう。

だが一日目の朝に魔力を送ってから出立するとして、二日目の夜にはどうしても魔力供給が必要になる。

最近のアレットは、胎児が成長してきているからか、どんどん必要な魔力が増えてきていた。

王族でないドミニクに頼むのは心許ないし、いざというときにドミニクが魔力不足で倒れるようなことがあれば、アレットを診る人がいなくなってしまう。

リオネルはあれこれと考えた上で、自分が留守の間の魔力供給をある人物に頼むことにした。

そこまで考えたところで、ふと気が付く。

(魔力供給の方法はキス以外にもあるということが、アレットにバレてしまう……)

そのことを知ったら、アレットは怒るだろうか？

しかし背に腹はかえられないし、何よりアレットの身体が大事だ。

(ひょっとすると、しばらくキスはお預けかもしれないな)

そう思うと、ひどく残念だった。

リオネルは自分の留守中の魔力供給を頼むため、王宮の敷地内にある魔導学術院を訪れていた。

あちこちから異常に濃密な魔力が漂い、時折怪しげな爆発音や煙が発生しているが、誰も気に留めない。

国王直属にして、この国最大の魔術研究機関が、この魔導学術院だった。

いくつもの研究室が並ぶ廊下を足早に通り抜け、目的の部屋にたどり着く。扉をコンコンとノックすると、「どうぞ」という声とともに勝手に扉が開いた。

「珍しいですね。リオネル兄さんがここを訪れるなんて」

部屋の主はリオネルの三つ年下の従兄弟、ユリウスである。リオネルと同じ薄茶色の髪にエメラルドグリーンの瞳を持っており、一見すると本当の弟のようだ。

ユリウスは強大な魔力を有しているばかりか、王族の中でも特に魔力の扱いに秀でており、この魔導学術院で研究職についている。

「ちょっとお前に頼みがあってな」

「なんですか？　改まって」

あちこちに謎の染みがついた応接ソファーにリオネルが嫌々座ると、ユリウスも向かい側にやってきて、汚れなどまったく気にする様子もなく腰を下ろした。

「実は、俺に子供ができた」

「本当ですか⁉　おめでとうございます！」

ユリウスはいつもニコニコしている顔をさらにほころばせ、心底嬉しそうに祝いの言葉を口にした。

「一体誰が懐妊したんですか？」

どこかでした会話だなと思いつつリオネルが口を開こうとすると、ユリウスは「側妃(そくひ)ではないですよね？」と続けた。

「……どうしてそう思った？」

「まあ僕は兄さんの側妃(そくひ)たちがあまり好きではないので、希望的観測でもあるのですが……。最近兄さんの部屋の結界がやたらと強固になっているでしょう？　実はずっと気になっていたのです。何か隠しているんじゃないかって」

この人畜無害(じんちくむがい)そうな従兄弟(いとこ)は、こういうふうに妙に鋭いところがあるし、顔に似合わず物事をはっきり言うから油断ならない。

ましてや、それなりに距離のある部屋の結界の強弱まで把握しているとは……さすが魔導学術院始まって以来の秀才と謳(うた)われるだけのことはある。

「なるほど。さすがだな。その通りだよ」

リオネルは背筋に寒気を覚えながらも、素直に賛嘆の声を漏らした。

アレットに魔力がなく、お腹の子を育てるためには魔力を供給する必要があることを説明し、自分がリークウッドへ行く間の魔力供給をユリウスに頼む。

この男の膨大な魔力ならば、十分すぎるだろう。

「お安い御用ですよ。兄さんの想い人にも会えることですし、喜んで引き受けましょう」

「ありがとう」

「事が落ち着いたら、セレナに会わせてみてもいいですね。妊婦同士、話が合いそうだ」

セレナはユリウスの妻で、彼女も現在妊娠中だ。無事産まれれば、子供たちは同い年になるだろう。

そういう事情もあって、今回の代役にはユリウスが最適だったのだ。

「ああ、そうだな。アレットには色々辛い思いをさせてしまっている。同じような立場の者と話すことができれば、少し心も晴れるだろう」

そのあと二人はお互いの近況を語り合い、リオネルは最後にもう一度「頼むぞ」と言ってから研究室をあとにした。

12

リオネルがリークウッドへと発つ前日。アレットのお腹の子供は妊娠四か月に入っている。

アレットは夕食後、いつものように居室のソファーでリオネルと他愛もないおしゃべりをしていた。

「以前から話していたが、明日の早朝から三日間留守にする。この部屋にはいつもより強固に結界を張っておくから、なるべく外に出ないようにしてくれないか」

「はい、わかりました」

ここに来てから毎日会っていたリオネルが出かけてしまう。

たった三日間だ。それなのに、こんなにも寂しさを感じている。

（子供を産んだあと、リオネル様から離れることができるのかしら……）

アレットは顔には出さないよう、心の中で自嘲の笑みを浮かべた。

「それから、明後日の昼過ぎに私の従兄弟のユリウスが来て、代わりに魔力を供給してくれる予定だ」

アレットはそこでぴくりと反応する。リオネルがいない間も魔力供給が必要なことは以前から聞いていたが、どうしても気にかかっていることがあった。

「あの、ユリウス様は男性……ですよね」

「ああ、そうだ。私の三つ年下で、魔導学術院で研究をしている。本当は事前に会わせておきたかったんだが、予定が合わなくてできなかったんだ。少し癖はあるが、基本的には感じのいい奴だし、アレットもすぐに打ち解けると思うよ。膨大な魔力を持っているから、魔力供給も問題なくできるだろう」

「……わかりました」

リオネルは事もなげに言うが、アレットが別の男性とキスをしても平気なのだろうか。確かにお腹の子のためにも、アレットの身体のためにも必要な行為かもしれない。けれど自分が逆の立場だったら、どんな大義名分があったとしても、リオネルが他の女性とキスするのは嫌だ。

(側妃様でさえ、嫌だと思っているのに……)

「それで、魔力供給の方法なんだが……アレット？」

アレットは目に溜まってきた涙をリオネルに見せまいとうつむいた。だが、そのせいで涙がぽろりとこぼれてしまう。

「どうしたんだ？　アレット。調子が悪いのか？」

突然涙を流したアレットを見て、リオネルはぎょっとする。

アレットの肩に手を回して引き寄せ、慰めようとするが、一度溢れた涙は堰を切ったようにとめどなく流れ、彼女の頬をしとどに濡らしていた。

「うぅ……すみま、せん……」

「アレット、頼む。なんで泣いているのか教えてくれ」

困り切ったリオネルが、懇願するようにアレットの顔を覗き込んだ。

（こんなことを言ったら、リオネル様を困らせてしまう……）

そう思って最初は口を閉じていたアレットだったが、リオネルがなおも問いかけてくるので、ついに根負けして涙の理由を口にした。

「……いや、なん……です。リオネル様以外と、キスするのは、嫌です……」

こうして言葉にすると、自分が駄々をこねる子供に思えて恥ずかしくなり、早口で付け加える。

「わ、わがまま言ってすみません。もうだいじょ……」

言い終わる前にリオネルに顎をすくわれ、口付けられていた。

「ふ……んんっ……」

すぐに割って入ってきたリオネルの舌は、アレットを慈しむように口内を這い回る。

その深いキスに、アレットは身も心も瞬時に蕩かされてしまった。

（やっぱり、これを他の人とするなんて、無理……）

リオネルが唇を離すと、二人の間を透明な糸が繋いでいた。リオネルはそれをぺろりと舐めとるようにして離れていく。

「アレット、すまない……」

アレットはその言葉を、自分がユリウスとキスをしなければならないことへの謝罪だと思い、気持ちが一気に重くなった。

しかし次の瞬間、リオネルが思わぬことを口にする。

「魔力供給の方法はキスだけじゃない。実は他にもあるんだ……」

「え、あの、嘘……！」

言葉の意味を理解したアレットは、純潔の乙女のように顔を真っ赤にして狼狽えていた。いや、リオネルが奪うまでは本当にそうだったのだから無理もないのだが。

今まで半ば騙すようにしてキスで魔力供給をしていたリオネルは、なんとなくそのことを言い出せないままでいた。

魔力供給の方法がキスの他にもあるということを知って、アレットは怒るだろうか。それとも軽蔑するだろうか。

お互いに愛し、愛されていることを確かめ合った今、さすがにリオネルを真っ向から拒絶するようなことはないだろう……と、思いたい。

リオネルはユリウスに魔力供給を頼んでからずっと、最初に魔力供給をしたとき欲望に任せて安易にキスした自分を呪っていた。

初めから誠実に話すべきだったのだが、今となってはあとの祭りだ。

「最初は、アレットが苦しんでいたから、とっさにキスで魔力供給をした。けど、二回目以降は、他にもやり方があったにもかかわらず、あえて同じ方法を取った。私がアレットとキスをしたかったからだ。……怒ってる？」

「……お、怒ってます！」

アレットは顔を赤くしたまま、怒っているというよりはどこか拗ねたような顔をした。

彼女が滅多に見せない不機嫌な顔を見て、リオネルはいけないとは知りつつも、こんな表情も可愛いと思う。

一様に媚びた表情しか見せない側妃たちに比べ、なんと表情豊かなことだろう。

アレットの見せる表情の一つひとつが、鮮やかな風景のように心に焼き付く。

「ごめん。これからは別の方法で魔力供給をする。だから、許してくれないか？」

「……るします」

「え？」

アレットが小さく漏らした言葉が聞き取れず、リオネルは問い返した。

「私と、キ、キスをしたいから黙っていたのでしょう？」

「ああ、そうだとも」

「なら、許します。そして……これからも今までと同じように、魔力供給してください」

「……いいのか？」

「はい。だって、私もしたいから……」

（かなわないな……）

リオネルは彼女に全面降伏した。

これ以上ないくらい夢中になっていると思っていたのに、この恋の沼はどこまでも底なしで、いっこうに足がつく気配はない。

二人の唇がどちらからともなく近付き、また静かに重なった。

❖

ひとしきり唇を重ね合ったせいで、アレットの身体は燃え盛りそうになっている。その熱を鎮めようとして、アレットはわずかに身を引いた。

心を落ち着かせるためにしばらく呼吸を整えてから、改めてリオネルに問いかける。

「あの、それで他の魔力供給の方法とは、どんなものがあるのですか？」

「魔力をまとわせた体液は、身体の外に出ると魔力を保つことができず、わずかな時間で霧散する。逆に言えば、霧散する前に、その体液を魔力をもらう側の身体に入れてしまえばいい。魔力の受け渡しに必要な条件はそれだけだ。だから方法はいくらでも考えられる。たとえば飲み物に血液を垂らす、とかね。アレットに供給するくらいの魔力量なら、ほんの数滴で十分だし」

「そ、そんな方法でいいんですか!?」

数滴とはいえ、さすがに毎日血を分けてもらうのは気がひける。だが、その理屈でいくと血液ではなく、唾液を何かに混ぜて飲んでもいいわけだ。つまるところ、キスをする必要はまったくない。

ついでにアレットは、別の事実にも気が付いてしまった。

（キスで魔力を受け取るにしても、あんなに長い時間する必要はないんじゃ……）

魔力供給のため、という口実で始まったキスは、最初の頃に比べて確実に長くなっていた。そして明らかに唾液の受け渡し以上のこともしている。

今聞いた話を総合的に考えると、その理由はただひとつしかないわけで……

アレットは顔が熱くなりすぎて、クラクラしてきた。

「騙すようなことをして悪かった。アレットと触れ合う口実が欲しかったんだ。最初から……アレットにとても惹かれていたから」

追い討ちをかけるようにそんな甘いことを言われてしまっては、もう怒る気にはなれなかった。

それどころか、リオネルがそうまでして自分とキスしたいと思ってくれていたことに、わき上がる喜びを抑え切れない。

翌日の早朝、旅装束に身を包んだリオネルは、名残惜しげに魔力供給をした。

もちろん、いつもと同じ方法で。

それがいつにも増して長かったのは、絶対にアレットの気のせいではないだろう。

「リオネル様、どうかお気を付けていってらっしゃいませ」

「ありがとう。アレットも体調に気を付けてな」

リオネルはアレットを愛おしそうにぎゅっと抱きしめる。アレットもまた、離れがたい想いを押し隠すことなく、リオネルの背中に回した腕に力をこめた。

しばらく固く抱き合ったあと、リオネルは少し身体を離して、アレットのおでこに口付ける。それだけでなく、頬や唇にも口付け、最後は首筋に唇を寄せた。

アレットの首筋にちくりとした痛みが走る。

「んっ……リオネル様？」

アレットはわずかに顔をしかめつつ、何をしたのかと問うような視線を投げかけた。

「アレットの首にキスマークをつけたんだ。この痕が消えないうちに帰ってくるから……私のことを忘れないでほしい」

「あ、痕がなくても忘れたりなんかしません！」

アレットはわざと怒った表情を作って抗議する。

そんなアレットが面白いのか、リオネルは涼やかな目元に笑みを浮かべた。

二人の間に和やかな空気が満ちる。きっと、寂しさで元気のなかったアレットが、これ以上しめっぽくならないように気を遣ってくれたのだろう。

「ありがとう。では、行ってくるよ」

頬を膨らませるアレットの頭に優しく触れると、リオネルはリークウッドへ旅立つべく部屋をあとにした。

アレットは自分の寝室に戻って鏡の前に行き、先ほどリオネルに吸われたところを確認した。

「っ!!」

リオネルの残した痕は思ったよりもはっきりと色付いていて、嬉しいような、恥ずかしいような気持ちになる。

これは二人だけの、秘密の愛の印だ。

そう思うと、リオネルがいない寂しさがほんの少し和らいでいく気がした。

アレットが緩んだ顔でキスマークを見ていると、部屋の扉がガチャリと開き、ユニスが入ってくる。

「ユ、ユニス……!」

リオネルとのやり取りで骨抜きになっていたからか、ノックの音を聞き逃してしまったらしい。

「アレット様？　どうかされましたか？」

アレットはびくっと身体を震わせた。鏡でまじまじとキスマークを見ていた自分が恥ずかしくて、しかもそれをユニスに見られてしまった気まずさもある。

「いいえ、なんでもないの」

取り繕うようにそう言うが、穏やかに見えて鋭い観察眼を持つユニスには、すぐにバレてしまった。

「随分目立つところにつけられましたね。もう、殿下ったら……」

ユニスが少し咎めるような声で言う。アレットは顔から火が出そうなほど恥ずかしくて、思わず縮こまってしまった。

「ああ、アレット様を責めているわけではないのですよ。……今日は首元が隠れるようなドレスにしましょうね」

「……ありがとう」

アレットは消え入りそうな声で返事をした。

その日の夕食後、アレットはリオネルのいない初めての夜を心細く思っていた。それを見越したのか、グレースが久々に訪ねてきた。

彼女は近頃忙しくしており、あまりアレットのもとにも顔を出していない。

グレースに親切にされることを心苦しく感じていたアレットは、彼女が来ないことにどこかほっとしていた。けれど久しぶりに顔を合わせると、やはり嬉しく思う。

「久しぶりねえ、アレットちゃん！　最近体調はどうかしら？」

「やっぱりまだ気分が優れないことも多いのですが、つわりとの付き合い方がわかってきたので、嘔吐するほどではないです」

「それはよかったわ。あとひと月もすれば落ち着くと思うから、それまでの辛抱よ！」

王妃らしからぬガッツポーズでアレットを励ますグレース。その姿に、思わず笑みが浮かんでしまう。

「はい、ありがとうございます」

グレースといると、自然に元気をもらえる。彼女には、部屋の中がぱっと明るくなるような華やかさがあるのだ。

太陽のような女性だな、とアレットはしみじみ思う。この人のような強さや明るさが、自分にもいつの日か備わってくれればいいのだが……

「今日はね、リオネルがいなくてアレットちゃんが寂しい思いをしているんじゃないかと思って来てみたの。大丈夫？」

少しだけ真剣な表情になったグレースが慈しむような視線を向けてくれる。

「寂しくないと言えば嘘になってしまいますが、ユニスが気を遣っていつもより頻繁に様子を見に来てくれますし、グレース様にもお会いできたので大丈夫です。それに……いずれはこの部屋を出ていかなくてはいけないのですから、今のうちに慣れておかないと……」

少し弱っていたからだろうか、それともグレースの優しさに甘えてしまったのだろうか。常々考えていたことがぽろっと口からこぼれてしまった。

グレースは目を見開き、ややあってから再び話し始める。

「……アレットちゃん、ちょっと私の話を聞いてくれる？」

急に改まって言うグレースに少し驚きつつも、その真剣な雰囲気にアレットは姿勢を正して「はい」と返事をした。

「私の夫、ファブリスに側妃がいないのは知っているでしょう？　それは私たちが恋愛結婚をして、ファブリスが側妃を娶ることを拒否したからなの」

「まあ、そうだったのですね。すごく素敵です……」

国王に側妃がいないのはアレットも知っている。国民の間でも有名な話だったが、まさかグレースと恋愛結婚だったとは。

今のアレットにとってはとても羨ましい話で、グレースに羨望の眼差しを向けてしまう。

「ふふ、ありがとう。でもね、知っての通り、魔力が強い者には子供が宿りにくいでしょう？　私も結婚してからリオネルを妊娠するまで、五年ほどかかったの。その間、側妃を召し上げようとする貴族たちからの圧力はものすごかったわ」

グレースは当時のことを思い出すように遠くを見つめながら言った。

「けれど、ファブリスは貴族たちの意見を全て無視したのよ。その反動もあって、リオネルは成人したときに三人、そのあとにも二人、側妃を娶ることになったの。世継ぎを早く確実に作るため、という建前のもと、有力貴族がこぞって娘を売り込んできたわ。あの子は何も文句を言わなかったけど、そのせいで恋とか愛を知らない子になってしまった……。いいえ、知らないどころか、ひょっとしたらそういうものを軽蔑すらしていたかもしれない」

そこでグレースは一旦言葉を区切り、喉が渇いたのか、目の前にある紅茶を口にした。

「だけど、五人も側妃を娶ったにもかかわらず、長い間世継ぎができなかったでしょう？　そのせいでもっと側妃を娶るべきだという意見が出たり、王太子には子供が作れないんじゃないかって噂されたりして……。それで煩わしくなってしまったのでしょうね。ここ最近はもう女になんて興味がないっていう雰囲気だったの」

アレットもリオネルに世継ぎがいないことは知っていたが、その裏に潜むリオネルの苦悩を考えたことはなかった。そしてグレースの話を聞いて、リオネルに抱かれたあの夜のことを思い出す。

あのときのリオネルの自暴自棄になったような態度。それから『子供はできない』という言葉。

あれらはずっと子供ができないことに悩み、疲れてしまったせいなのだと、アレットは思った。

「アレットちゃんが来てからあの子は変わったわ。人を愛することを覚えて、今まで一番生き生きとしている。アレットちゃんが大切で仕方ないって、言葉からも態度からもわかるもの。話が長くなってしまったけど、何が言いたかったかっていうとね、リオネルのそばを離れないであげてほしいの。これは、王妃ではなく……リオネルの母親としてのお願いよ」

グレースはじっとアレットを見つめて懇願してくる。

その言葉に頷いて、彼女を安心させてあげたい。

それに自分だって、できることならばリオネルとずっと一緒にいたい。

けれど、それはできないのだ……

「……ごめんなさい。お約束できません」

アレットは声を絞り出すように言った。

リオネルの悩み、そしてグレースの母としての願い。どちらも深く心に刺さったが、アレットにも譲れないものがある。

「どうして？　リオネルのことが好きではない？　私には、二人が想い合っているように見えていたのだけれど……」

グレースが美しい顔を悲痛に歪めた。リオネルと同じエメラルドグリーンの瞳で見つめられ、アレットの胸がきりりと痛む。

「リオネル様のことを、お慕いしているからこそです……。私は一応男爵家の家名を名乗っておりますが、実際は平民の母のもとで育てられました。そんな私が王家に嫁ぐなんて、自信がないです。それに私は、愛する人に自分以外の女性がいることも耐えられません。リオネル様が側妃様のもとへ通われるところを……いえ、彼女たちと話をなさるところすら目にしたくないのです」

こんなことを言えば、グレースに嫉妬深い女だとあきれられるだろうか。

けれど、これはアレットの本心だ。

いくら愛されていることがわかっていたとしても、リオネルが別の女性のもとへ通えばその愛を疑い、今のような幸せな関係はいつか壊れてしまうだろう。

だから醜い嫉妬で我を忘れる前に、リオネルのもとを去りたいのだ。

「魔力供給のこともありますし、妊娠中はリオネル様のおそばにおります。ですが、産後は……子供と二人で、どこか遠くで暮らしたいと思っています……」

子供を連れていきたいことも言ってしまった。しかし、これは遅かれ早かれ伝えなければならなかったことだ。

グレースから叱責される覚悟で、アレットは両の掌をぐっと握りしめた。

「……そんなに思い詰めていたのね。気付いてあげられなくて、ごめんなさい。アレットちゃんの気持ちはよくわかるわ。私も陛下が側妃を娶っていたら、同じことを思ったかもしれない……」

グレースは辛そうに目を伏せ、そしてもう一度アレットのほうを見た。

「でも、まだ結論は出さないで。私にはリオネルが側妃たちとのことについて、何か考えているように見えるの。きっと見通しが立てば、アレットちゃんにもきちんと説明すると思う。その説明を聞いてから、もう一度考えてみてちょうだい。それでも納得がいかなかったときは、あなたと子供が二人で静かに暮らせるよう、私が力になりましょう」

グレースの話は少し曖昧(あいまい)で、アレットには何を言わんとしているのか、完全にはわからなかった。

しかし、アレットはグレースの瞳をしっかりと見つめて頷(うなず)いた。その瞳から彼女の真摯(しんし)な気持ちが伝わってきたからだ。

「ありがとう」

グレースは美しい顔に満面の笑みを浮かべ、アレットにお礼を言った。

アレットとしても、好んでリオネルと離れたいわけではない。もし彼が普通の青年であったならば、喜んで将来の約束をしただろう。

(リオネル様は一体、私のことをどうしようと思っているのかしら……)

彼を信じた先に何があるのか、アレットには想像もできなかった。

13

今回のリークウッドへの視察は、いつになくリオネルの気を重くさせていた。

その理由のひとつは、アレットを置いて王宮を離れなければならないこと。そしてもうひとつは、側妃の一人であるリュシエンヌの父、カノヴァス侯爵が同行することであった。

リオネルはここ一年半ほどリュシエンヌや他の側妃たちのもとを訪れていない。そのことについて、彼女の父親たちがリオネルに物申したがっているのは明らかだった。

いつもは政務の忙しさを盾に、側妃の父親たちと私語を交わすことを避けている。だが、ともに旅する以上、カノヴァス侯爵とまったく話をしないのは難しいだろう。

ましてや有力貴族である侯爵を無視するなど、さすがに王太子であってもできないことだ。

どんな嫌味を言われるのやら、と思ってリオネルは深々とため息をついた。

しかし、考えようによってはこの視察はチャンスでもある。

側妃たちと離縁する際に、最大の障害になるであろう人物は、リュシエンヌとカノヴァス侯爵だ。

（この視察中に何か弱みを見つけ、攻略の糸口にできればいいのだが……）

リオネルはリークウッドへ向かいながらそんなことを考えていた。

出立したその日、リオネルはリークウッドにほど近い都市サラーニャの視察をすませた。今夜はその地を統治するバルドー子爵の屋敷に泊めてもらう。

晩餐(ばんさん)の席についているのは、リオネル、エルネスト、そして件(くだん)のカノヴァス侯爵だ。もちろん屋敷の主(あるじ)であるバルドー子爵と奥方もいるが、その他の随従(ずいじゅう)してきた者たちは別室で食事を取っていた。

食事が進んで場の空気がほぐれてきた頃、待ちに待ったとばかりにカノヴァス侯爵が口を開いた。

「ところで殿下、最近うちの娘が寂しがっておりましてな。たまには顔を出してやってくれませぬか」

（早速きたか……）

リオネルは心の中で眉をひそめた。

バルドー子爵夫妻は空気を読んで、エルネストと他愛もない話をしている。

領主とはいえ子爵にすぎない彼が、王太子と侯爵の会話に割って入れるはずもない。そのことを承知しているからこそ、カノヴァス侯爵はこのタイミングで話を持ち出したのだろう。

こうした政治的な思惑がいちいち絡(から)む貴族たちとの関わりに、リオネルは心底うんざりしていた。だが、それを表に出すわけにもいかないので、ストレスが溜まるのだ。

エルネストは子爵夫妻と話しながらも、そんなリオネルの出方を面白そうに窺(うかが)っている。

「最近政務が特に忙しくてな。申し訳ないがそんな暇はない」

「何をおっしゃいます！　政務は他の者にもできますが、世継ぎを作ることは殿下にしかできないことです。王国の未来のために、何を置いても優先せねばならぬことでしょう」

「そうは言っても、子供ができぬのだ。私には種がないのかもしれぬ。だが叔父上もご健在だし、従兄弟（いとこ）のユリウスも、そしてその子供もいる。世継ぎには困らぬ」

リオネルが不機嫌そうに言えば、「出過ぎたことを申しました」とカノヴァス侯爵は引き下がった。

意外にもあっさりと身を引いたので若干違和感を覚えつつも、リオネルはこの話題が終わったことに安堵した。

そのあともカノヴァス侯爵が何か言い出さないかと警戒していたのだが、結局当たり障（さわ）りのない話をして晩餐（ばんさん）を終えた。

自分の客室に戻ったリオネルは明日の視察先の資料を読み込み、それに疲れると軽く湯浴みをして寝所に入った。

王宮から転移の扉（ゲート）を通っての移動は一瞬ですむ。だが、そのあと騎馬であちらこちらへ視察に行き、各地の要人に面会し……と精力的に活動したため、身体はもうくたくただ。

リオネルは疲れた身体をドサッとベッドに横たえた。

すると、まるでその瞬間を見計らったかのように、部屋の扉がトントンとノックされる。

侍女が寝酒でも持ってきたのだろうかと、リオネルはそのままの体勢で入室を促した。

すると「失礼します」という艶のある女の声が聞こえて、誰かが入ってくる。

侍女であれば労おうとリオネルが身体を起こし、扉のほうを見ると……

あろうことか、そこにいたのは薄い夜着をまとった側妃リュシエンヌだった。

「リュシエンヌ……なぜ……」

「ふふふ、最近殿下がつれないので、父に頼んで連れてきてもらいましたの」

リュシエンヌは深い茶色の目を細め、艶然と微笑んだ。そしてゆっくりとリオネルに近付いてくる。

リオネルは歯噛みした。

リュシエンヌが実家に帰省すると言って外出届を出してきたのは、三日ほど前だっただろうか。特段断る理由もなかったため許可を出したのだが、初めからこの視察についてくるつもりだったようだ。

おそらくカノヴァス侯爵の侍女か何かに紛れていたのだろう。

そんな娘に甘い侯爵も侯爵だが、責任の半分は自分にもある。日頃から突飛な行動をとるリュシエンヌに、不用意に外出許可を与えてしまったのは自分だ。リオネルは苛立ちを隠して鷹揚に告げる。

「私はひどく疲れている。このことは不問にしてやるから、部屋に戻れ」

しかし、それでもリュシエンヌは止まらない。

「殿下の寵を受けられなくなって、もう一年半です。寂しくて仕方がないのですわ。久しぶりに可愛がってくださいませ」

リュシエンヌに会ったのは、媚薬を盛られたあの日以来だった。

美しい顔立ちに、妖艶ともいえるスタイル。そのせいか自信過剰で、男はみんな自分の言う通りになると思っている。

「何度も言わせるな。とっとと出ていけ！」

リオネルは低く怒鳴ると、肌が透けそうな夜着姿のリュシエンヌにバスローブを放った。

いつもならもっと穏便にすませられるのだが、旅の疲れもあり、やけに気が立っていた。それに、このような薄着のリュシエンヌを前にしていることがアレットへの裏切りになるように感じたのだ。

そんなリオネルの暴挙にとっさに反応できず、リュシエンヌは放り投げられたバスローブを頭からかぶってしまう。

「いくら殿下といえども失礼ですわ！」

彼女はわなわなと震え、そう言い放って部屋から出ていった。

（まったく、気の強い……）

リオネルの怒声に怯まず、言い返せる女性などなかなかいないだろう。その気の強さだけは未来の王妃にふさわしい素質かもしれない。

けれど、リオネルは見つけてしまったのだ。自分にとって唯一の人を……

ただでさえ疲れていた身体が、リュシエンヌのせいでどっと重くなった気がする。リオネルは再びベッドに倒れ込むと、そのまま眠りに落ちた。


翌朝、朝食の席についたカノヴァス侯爵はいたく上機嫌で、リュシエンヌの夜這いが失敗したことを知らないようだった。プライドの高いリュシエンヌのことだ、父親には言い出せなかったのだろう。

「カノヴァス侯爵、昨夜のことだが……」

朝食後に人が少なくなった頃合いを見計らって、リオネルはカノヴァス侯爵に切り出した。

「おお、殿下！　昨夜はいかがでしたかな？　場所が変わると気分も変わるというものです。このことは他の側妃様方には内密にしておきますので、よろしければ今夜も……」

意気揚々と語るカノヴァス侯爵にリオネルは嘆息し、その言葉を遮った。

「内密にする必要はない」

「……それはさすがにまずいのでは？　後宮に通っておられぬ殿下に一人だけ寵を受けたとなれば、他の側妃様方が気分を害されましょう」

そう言いつつも、カノヴァス侯爵は満更でもなさそうな笑みを湛えている。

「昨夜、リュシエンヌとは何もなかった。よって内密にする必要はないと言っている」

リオネルがそう言った途端、カノヴァス侯爵は笑みを引きつらせ、信じられないものでも見るかのような目でリオネルを見つめた。

「なっ、ご冗談を！　リュシエンヌはこの日のために完璧に自身の手入れをしていたのですぞ⁉　我が娘ながら、あんな美女を前にして何もないなどと……」

「いくら美しかろうが関係ない。カノヴァス侯爵、今回の勝手な行動はいささか目に余る。大事にされたくなければ、もう黙ることだ」

「……寛大なお言葉、痛み入ります」

よっぽど上手くいく自信があったのだろう。カノヴァス侯爵は悔しそうに顔を歪め、リオネルに臣下の礼をとった。

カノヴァス侯爵とリュシエンヌの行いを不問にしたリオネルだったが、心の中では打算が働いていた。

離縁に際して最もごねそうなリュシエンヌが問題を起こしてくれるのは、今のリオネルにとってはありがたいことだ。父親であるカノヴァス侯爵に恩を売っておくのも悪くない。

リオネルはカノヴァス侯爵を冷たく見下ろし、心の中でほくそ笑んだ。

14

リオネルを送り出した日の夜、アレットはグレースの言葉を頭の中で反芻していた。

つまりリオネルはアレットと一緒になるために、側妃たちと離縁しようとしているということなのだろうか。

しかし、期待するのは怖い。その通りにならなかったときに、ショックが大きすぎるからだ。

お腹の子のためにも、リオネルが本心を告げてくれるまで、なるべく期待も不安も抱かないでおこうと思う。それができるかどうかは別として……

リオネルが視察に出て二日目の朝。アレットはいつもと同じ時間に起きて、ぐっと身体を伸ばした。

昨夜は色々考えていたからか眠りが浅かったため、なんとなく身体がだるい。

まだ寝ていたいところだが、そうも言っていられない。今日はお昼頃にユリウスが訪ねてくる予定なのだ。

王族であるユリウスにわざわざ来てもらうなど恐れ多いことだが、リオネルからは極力部屋を出ないように言われているので、自分から行くわけにもいかない。せめて部屋と身支度は完璧に整えておかなければ。

アレットは緊張でそわそわしつつも、ユニスとともにユリウスを迎える準備をした。

「アレット様、ユリウス殿下がいらっしゃいました」

昼食を取って一息ついた頃、ユニスがユリウスの来訪を知らせてくれる。

「ありがとう。入っていただいて」

間もなく部屋に入ってきたのは、リオネルと同じ薄茶色の髪にエメラルドグリーンの瞳を持つ青年だった。その姿を見ると、ユリウスがリオネルの従兄弟というのも頷けた。

しかし、精悍で男らしいリオネルに対して、ユリウスは柔和で線が細い。長く伸びた髪をひとつにまとめ、ローブを着ている姿は、いかにも研究者といった感じだ。

アレットはユリウスをソファーに座るよう促し、自分はテーブルを挟んで向かい側に腰掛けた。

「ユリウス殿下、このたびは貴重なお時間をいただきありがとうございます」

「いいえ、礼には及びませんよ。僕もリオネル兄さんの大事な方にお会いしてみたかったのです」

「まあ、そんな……。平凡な女でがっかりなさったのではありませんか？」

「いえいえ、早速面白いものが見れたので、満足しました」

「面白いもの？」

アレットは自分の格好におかしなところがないか急に不安になった。

しかしユリウスが来るからと、ユニスがいつもより念入りにお化粧やらドレスの着付けやらをしてくれたのだ。もちろん今日も首が詰まっているドレスだし、キスマークが見えるはずもない。と、思ったのだが……

「首にキスマークがついていますよね？　リオネル兄さんの独占欲を感じるなあ」

「え！　な、なぜ……!?」

(もしかして見えてしまっているの!?)

アレットは動揺して、さっと手で首元を押さえた。しかしやっぱりドレスの生地で隠れており、キスマークがユリウスに見えるはずはない。

「医者であるドミニクなんかもそうですが、僕も魔力の感知に長けていましてね。首にリオネル兄さんの魔力がうっすらと残っているのが見えます。おそらく僕に見せつけるためにわざとそうしたのだと思いますよ」

「そ、そうなのですね……」

アレットは恥ずかしくて、語尾が消え入りそうなほど小さくなった。

「あ、心配なさらないでくださいね。僕は人のものにはまったく興味がないので」

「いえ、心配など、とんでもありません」

アレットはそう答えながら、リオネルが言っていたことを思い出す。

『ユリウスは終始ニコニコとしているし声も穏やかだが、ずばずば物を言うんだ。最初はぎょっとするかもしれないが、悪意はないから安心して』

確かに、実際に接してみると、かなり衝撃的だ。けれど、リオネルが言う通り悪意は感じないし、単純に従兄弟のことを茶化しているだけのようだった。

「おっと、無駄話をしている場合じゃないですね。アレットさんの身体に留まっている魔力が薄くなってきている。早速魔力をお渡ししましょう」

そう言うと、ユリウスはローブのポケットから小瓶を取り出し、テーブルの上に置いた。

「これは僕が開発した、魔力を帯びることができる液体です。無味無臭なので飲んでみてください」

「わかりました」

アレットは小瓶のコルクを抜くと、一気に口に入れた。少しとろりとしているが、確かに無味無臭で飲みにくいということもない。

ゴクリと飲み込むと、リオネルに魔力をもらったときのように、身体がじんわりと温かくなったような気がした。

アレットの様子から、魔力供給が上手くいったことがわかったのだろう。ユリウスは満足げに微笑んだ。

「今まであまり需要がなかったのでこういったものは作りませんでしたが、アレットさんのために開発してみました。魔力を回復する薬はあるのですが、それはもともと魔力を持っている者にしか効果がないのです。これはその薬と、魔石の技術を応用して作りました」

魔石は魔力を封じ込めた石だ。様々な用途があるが、灯りとして使える魔石はわりと一般的なので、アレットも使ったことがある。

しかし、魔力を持たないアレットにはそれがどういう仕組みで光るのかは謎だった。

ユリウスは簡単そうに言うが、さっぱりわからない世界だ。

「リオネル兄さんのものならばともかく、他人の体液を摂取するなんて嫌でしょう？　ギリギリ間に合ってよかったです」

確かに、リオネル以外の人の唾液を口にするのは抵抗がある。血液ならば嫌というほどではないが、たとえ針の一刺し程度だったとしても、誰かに血液を出してもらうのは申し訳なかったため、こういった液体があるのはありがたかった。

「わざわざ私のために、ありがとうございます。もしかして、そのせいで最近お忙しかったのですか？」

「いえ、ちょっと研究が立て込んでいましてね。これは片手間で作ったものなので、お気になさらないでください。アレットさんが子を産むまでの間、リオネル兄さんや僕が毎日魔力を供給できるという保証はないですからね。まだ開発したばかりなので少ししかないのですが、いざというときのために持っていてください」

ユリウスはローブからさらに小瓶を二本取り出すと、それをアレットに差し出した。

「お気遣いありがとうございます。とても助かります」

「いいえ。あなたには無事子供を産んでもらわないと、僕も困りますからね」

きっと王位に興味がないからこんなことを言うのだろう。ユリウスの様子を見ていると、そんな気がする。

彼のあけすけな物言いは失礼かもしれないが、アレットは好感を持った。

「長居するとリオネル兄さんに怒られてしまいますから、僕はそろそろお暇(いとま)させていただきます」

用事がすむと、ユリウスはそう言って足早に自分の研究室へと戻っていった。


リオネルが出立して三日目、つまり彼が帰城する日の夜遅くのこと。

アレットは立ったり座ったり、ウロウロ歩き回ってみたりと、落ち着きなく過ごしていた。

そんなアレットを、ユニスは若干苦笑しつつも微笑ましそうに見ている。

「先にお休みになられたらいかがですか？」

「いいえ、とても眠れそうにないし、私は待っているわ」

二時間ほど前に唐突にユリウスが現れ、『先ほど連絡用の使い魔が来まして、リオネル兄さんはあと一時間で転移の扉(ゲート)を通ると告げました。わざわざ僕に帰宅時間を知らせてきたのはアレットさんに伝言させるためでしょうから、お伝えしておきます』と早口で言って、忙しそうに去っていった。

そのあとユニスから聞いたところによると、転移の扉(ゲート)というのは魔力を使った瞬間移動装置のようなもので、王宮や国内の大都市など、要所に置かれているらしい。

つまり、予定通りにいけばリオネルはあと一時間ほどで王宮に帰ってくる。しかし言い換えればあと一時間は帰ってこないし、王宮に戻ってきたとしてもまっすぐ部屋には来られないだろう。

「ユニスこそ、もう休んで」

「そうですねえ……。そろそろ日付も変わってしまいますし、申し訳ありませんが、そうさせてもらいますね」

「気にしないで。私がわがままを言っているのだから」

「ありがとうございます。では、おやすみなさいませ」

ユニスが出ていって部屋がしんと静まり返ると、アレットの心臓がどくどくとうるさく音を立て始めた。

たった三日間だけなのに、なんだか長い間リオネルに会っていない気がする。自分は今までどんな顔をして彼に会っていたのか、上手く思い出せない。

待つだけなのだから、くつろいでいればいいと頭ではわかっているのだが、結局アレットは部屋を歩いてみたり、私物の整理をしてみたりする。

そうして一時間以上待ってみたが、リオネルは帰ってこない。その頃になるとアレットは緊張の糸が緩（ゆる）んできたのか、ソファーに座ってうとうとと船を漕いでいた。

急に扉が開く音がして、アレットはびくっとした。

慌てて立ち上がって扉のほうを見ると、くたびれた様子のリオネルと目が合う。

「リオネル様！　おかえりなさいませ！」

アレットはたまらずリオネルに駆け寄った。だが、リオネルは足を止め、目をパチクリとさせている。

「あの、リオネル様……？　すみません。私、一目だけでもリオネル様のお顔を見たくて……」

疲れているところに迷惑だっただろうかとアレットは眉尻を下げた。そのとき、リオネルが彼女を引き寄せ、きつく抱きしめた。

三日ぶりに感じるリオネルの温もり、匂い、鼓動。

頭では色々考えていても、アレットはリオネルを前にすると磁石（じしゃく）のように彼に引き寄せられてしまう。

（今だけ、今だけだから……）

そう思いながら、アレットはおずおずとリオネルの背中に手を回し、ぎゅっと力をこめた。

「ただいま、アレット。今日は会えないと思っていたから、自分に都合のいい幻を見ているのかと思ったよ」

「ふふふ、本物ですよ？」

「ああ、そのようだ」

リオネルは少し身体を離すと、アレットの唇をちゅっちゅっと啄ばんだ。

「さあ、もう遅いから寝たほうがいい」

いつものように情熱的なキスをされるものと思っていたのに、リオネルの顔があっさりと離れていってしまう。アレットは物足りない気持ちになった。

リオネルが疲れているのは明らかだし、早く寝たいのかもしれない。普段のアレットならばそう思って聞き分けよく寝室へ行っただろう。

けれど、久しぶりに触れたリオネルの温もりからはどうしても離れがたい。服をぐっと掴んで引き止め、彼にしがみついた。

「どうしたんだ？　アレット。早く寝ないと、身体に障るよ」

「お疲れのところ、申し訳ありません。でも、あと少しだけ……キス、してもいいですか？」

時計の針は午前二時を指そうとしていた。真夜中の空気がアレットを大胆にするのだろうか。

そういえば、リオネルに初めて会ったときもこれくらいの時間だった。そう頭の隅で思いながら、アレットはリオネルにキスをねだる。

「アレット……！」

リオネルはアレットの顎に手をかけると、深く口付けた。そんなところもあの夜と同じだ。けれど、アレットの気持ちは正反対と言っていいほど違う。

あのときはただ怖くて、何がなんだかわからなくて、早く終わってほしいと願っていた。それなのに今は胸が甘く高鳴って、気持ちがふわふわして、いつまでも続いてほしいと思っている。

二人の唇が離れると、アレットの身体がふわりと浮いた。

「きゃっ」

急に抱き上げられて、アレットは短い悲鳴を上げる。いわゆるお姫様抱っこだ。

「立っていると疲れるだろう？　ソファーに行こう」

「は、い……」

リオネルは大股でソファーに歩み寄ると、アレットを抱いたまま腰掛け、自分の膝に乗せた。そして、また口付けを始める。

その性急な様子に、リオネルも会えなくて寂しい思いをしてくれたのだろうかと思い、アレットは胸がきゅうっと苦しくなった。

（リオネル様、好き……大好き……）

アレットはリオネルを求めるように、自ら舌を差し出し彼の舌と絡める。それと同時に、リオネルの腰に回した腕に力をこめた。

すると、そのわずかな動きを合図にしたかのように、リオネルの手がアレットの髪をすき始める。

言葉はなくともリオネルが愛しいと言ってくれているようで、アレットは嬉しくなった。

やがて唇が離れ、リオネルと目が合う。彼の瞳には、はっきりと情欲の炎が灯っていた。

アレットの心臓がどくりと音を立てる。

リオネルを愛している。彼になら身を任せてもいいと思っている。

しかし、正直なところ、アレットは不安も感じていた。

（もしそうなったら私は上手くやれる？　そもそも、妊娠中にそういうことをしてもいいの……？）

　そんなアレットの気持ちを読み取ったのだろうか。リオネルは視線を外すと、大きく息をついて彼女を膝の上から下ろした。

「これ以上こうしていると、まずいことになりそうだ。さあ、寝よう」

　アレットはほんの少し残念に思いながらも、リオネルが引いてくれたことに安堵した。

「あの、わがままを聞いていただき、ありがとうございました」

「いや、嬉しかったよ。今度こそ本当に幻かと思った」

　リオネルは少し困ったような笑みを浮かべて言う。そしてアレットの首筋に手を伸ばすと、キスマークがある場所をひと撫でした。

「どうやら私は約束を守れたようだな」

　出かける前に、『この痕が消えないうちに帰ってくる』と言っていたことを指しているのだろう。アレットはこくりと頷いた。

「でも、もう消えてしまいそうだ。また付けてもいい？」

「こ、ここに付けたら、首の詰まったドレスしか着られなくなってしまうからダメです！　それに、ユリウス様に指摘されて、すごく恥ずかしかったんですから！」

　アレットが真っ赤になって抗議すると、リオネルはくっと笑い声を漏らした。

「やはりユリウスは気が付いたか。目ざといな」

「もう、笑い事じゃありません！」

「じゃあ、誰にも見えないところならいい？」

急に真剣な顔で問いかけてくるリオネルに、アレットの胸がどきりと跳ねた。

「い、いいですよ……」

恥ずかしくて小さく言うと、リオネルはアレットの胸元の紐をしゅるりと解き、鎖骨の少し下あたりに口付けてきつく吸った。

「んっ……」

リオネルから与えられるなんとも言えない刺激に、アレットの口からは甘い声が漏れる。

「すごく胸がドキドキしてる……。大丈夫？」

「だ、だって……」

こんなに際どいところを見られて触れられれば、ドキドキするに決まっている。

そのあとアレットはリオネルに見送られて自分の寝室に入ったが、興奮しすぎたためか目が冴えてしまい、眠れぬ夜を過ごした。

❖

（さっきは危なかった……）

リオネルは自分のベッドに倒れ込みながら、先ほどのことを思い出す。

くたくたになって部屋に戻ってきたとき、アレットに迎えられてすごく嬉しかった。本当は最初から深く口付けをし、もっとアレットを可愛がりたかった。けれどそれをしてしまうと疲れて麻痺（まひ）した頭では抑えがきかなくなってしまいそうで、軽いキスだけでアレットを解放しようとしたのだ。

しかし、リオネルの心を知る由（よし）もないアレットは、珍しく自分からキスをねだってきた……

それからの記憶は曖昧（あいまい）だ。

アレットから求めてきたことを言い訳に、リオネルは彼女に激しく口付けた。抱き上げて場所をソファーに移すと、また奪うようなキスをした。

いつもは受け身なアレットが積極的に舌を絡（から）めてきたときは、頭が沸騰（ふっとう）しそうになった。

（……よくあそこで止められたものだ）

リオネルは自分の鉄の意思を称賛（しょうさん）したい気持ちになっていた。

もう時刻は真夜中。身体も疲れ切っているのだから、寝たほうがいい。

けれど、中途半端なところでアレットと離れたリオネルは眠れるはずもなく、悶々（もんもん）と夜を明かすのだった。

15

その日は天気がよかったので、アレットは朝食のあとに庭園へ行ってみようと思い立った。

これまで極力一人では外に出なかったアレットだが、ずっと部屋の中にいるとリオネルとの関係についてばかり考えてしまうので、少し息抜きがしたかったのだ。

庭園ならばリオネルと何度か行ったので勝手がわかっている。

護衛を務（つと）める近衛兵（このえへい）のエクトルに結界を張ってもらい、庭園まで移動した。

「エクトル、ここからは一人で大丈夫よ。あなたはこの辺りで待っていてくれるかしら」

自分の散歩にエクトルを付き合わせては申し訳ないと思い、アレットはそう告げた。

この王族用の庭園は、ひとつしか出入り口がない。警備のために大きな結界が張られているというし、中に入ってしまえば危険なことはないはずだ。

エクトルは渋っていたが、アレットが少し一人になりたいのだと言うと、遠くへは行かないという条件のもと了承してくれた。

（遠くも何も、庭園はそこまで広くはないのに……）

アレットは苦笑しながら温室のほうへ向かう。

温室は四つの区画に分かれていて、それぞれに春、夏、秋、冬の花々が咲き誇っている。いつ来ても見事で、アレットはここをとても気に入っていた。

もう何度か来ているが、改めて花を一つひとつ観察しながらゆっくり歩く。

そうしていると、突然背後に人の気配がした。

「やっと会えたわね。あなたがリオネル様のお気に入りかしら？」

アレットが振り返ると、そこには美しい女性が立っていた。

栗色の髪を美しく結い上げ、薄い黄緑色のドレスに身を包んでいる。胸は大きく、コルセットを締めているであろう腰はきゅっと細い。

アレットはその人を知っていた。直接話したことはないが、夜会で給仕をするときに何度か見たことがある。

（どうして彼女がこんなところに……）

嫌な汗が背を伝う。

「……リュシエンヌ様でいらっしゃいますか？」

やっとのことで声を絞り出すと、その女性は真っ赤な紅をひいた唇の端を軽く持ち上げた。

彼女は捕食者のような目をアレットに向けており、好意を持って近付いてきたようには見えない。

「その通りだけど、まずは私の質問に答えるのが筋ではなくって？　ねえ、リオネル様のお部屋で囲われているのはあなた？」

「囲われているなんて……」

まるで妾のような言い方だと腹が立ったが、彼女の迫力に呑まれて言葉が尻すぼみになる。

「ふうん、たいしたことない娘ね。どうやって取り入ったのか知らないけれど、これではリオネル様がかわいそうだわ……」

リュシエンヌは芝居がかった仕草でリオネルを憐れんだ。

「リオネル様が言ってらしたのよ。物珍しくて地味な女を囲ってみたものの、貧相な身体ではやはり満足できないって。リークウッドでの視察中、久しぶりにお相手して差し上げたら、私の身体に夢中になっていらっしゃったわ」

アレットは急に足元がぐらつくような感覚に襲われた。

リュシエンヌの様子から察するに、彼女はきっとアレットに意地悪を言いたいだけだ。話していることもおそらく嘘なのだろうと思う。

しかし、頭ではそうわかっていても、心には黒い靄が立ち込めてくる。

もしこれが嘘ではなくても、相手は側妃のリュシエンヌなのだから、リオネルにとっては浮気でもなんでもないのだ。

それに、今回のことがどうであれ、リオネルがリュシエンヌを抱いたことがあるのは紛れもない事実だ。そんな過去のことさえ気になってくる。

加えて、リュシエンヌが言っている通り、彼女と比べたらアレットの身体は貧相もいいところだ。今はアレットのことを愛し、大事にしてくれているリオネルだが、そのうち飽きるのではないかと心配してしまう。

アレットの不安そうな顔を見て、リュシエンヌは笑みを深くした。彼女がさらに追い討ちをかけようと口を開きかけた、そのとき……

（気持ち……悪い……）

急に気持ちが不安定になったからだろうか。最近はおさまってきていた吐き気が一気に込み上げてきた。

アレットは口を押さえてリュシエンヌに背を向け、かがみ込む。

なんとか嘔吐まではせずにすんだが、気分が悪くて立ち上がることができなかった。

リュシエンヌはアレットのただならぬ様子に驚いた様子だったが、すぐに何が起きているのかを悟り、怒りにわなわなと震え始める。

「あなた、もしかして……！」

リュシエンヌが怒りに任せてアレットの肩を掴もうとする。けれどその寸前でエクトルが温室に駆け込んできて、リュシエンヌを取り押さえた。

「アレット様！　ご無事ですか!?」

「何をするの!?　無礼者！　放しなさい！」

暴れて叫ぶリュシエンヌを黙殺し、エクトルはアレットの様子を窺う。

エクトルのほうを振り向いたアレットは蒼白になっていたのだろう。それを見て、エクトルはリュシエンヌを拘束する力を強くする。

エクトルに事情を伝えなくてはと思いつつも、アレットは吐き気をこらえるのに必死で動くこともできなかった。

「リュシエンヌ様、アレット様に何をなさったのですか？　危害を加えたのであれば、いくらあなたといえどもただではすみませんよ！」

「何もしていないわ！　ちょっとその女と話をしていただけよ！　それに、わたくしはリオネル殿下の側妃よ！　このように取り押さえるなど、失礼ではなくて!?」

屈強な近衛兵に拘束されてなお、威勢よく噛み付くリュシエンヌ。その気の強さはさすがとしか言いようがない。エクトルは舌打ちをし、短く呪文を唱えてリュシエンヌの口を塞いだ。

「側妃様といえど、アレット様に手出しをするならば容赦はしません。何をしたかは向こうで詳しく聞きましょう」

そうこうしているうちにエクトルが呼んだのであろう他の兵たちがやってきて、なおも抵抗するリュシエンヌを連れていった。

辺りが静かになってから、アレットは少しだけ冷静さを取り戻す。その様子を見て、エクトルはアレットに事情を尋ねた。

「外傷はないようですが、どうされましたか？　リュシエンヌ様に何かされたのですか？」

「怪我はないわ。少し嫌なことを言われて……そのせいで気分が悪くなってしまったのよ」

「申し訳ありません……。やはりおそばを離れるべきではなかった。お戻りが遅いので様子を見に来たら、リュシエンヌ様の姿が見えて……慌ててやってきたのです」

頭を下げようとするエクトルをアレットは止めた。

「私が一人になりたいと言ったのよ！　エクトルは悪くないわ。謝らないで！」

「しかし、ここは本来王族の方しか入れないはず。にもかかわらず、リュシエンヌ様がこんなところまで入り込んでしまったのは、私たち近衛隊の落ち度です。リオネル様には私から報告しておきます」

「……わかったわ。でも、私は無事だし。本当に気に病まないでちょうだい」

アレットはエクトルを安心させようと、なんとか笑みを浮かべてみせた。

そのあと、アレットがエクトルとともに部屋まで戻ると、ユニスが慌てた様子で駆け寄ってきた。

「まあ！　アレット様、何かあったのですか？　ひどい顔色です！」

生気のないアレットのことをユニスが心配してくれる。けれど今のアレットには、事情を話す余裕がなかった。

「大丈夫。少し疲れてしまったから、部屋で休むわ」

そう言うとアレットは逃げるように寝室に入り、着ているものが皺になるのもかまわずにベッドへ倒れ込む。そして、なんとか心を落ち着けようと深呼吸を繰り返した。

（あれは私を動揺させるための嘘よ。冷静になって、アレット……）

そう自分に言い聞かせながらも、リオネルとリュシエンヌが絡み合っている姿を想像してしまい、なかなか落ち着くことができない。

なぜこんなに動揺しているのか。それはリオネルが本当にリュシエンヌと一夜を過ごしたのかもしれないという不安のせいかもしれないが、それ以上に心の奥底で気になっていたことを刺激されたからかもしれない。

それは、子供を身ごもったあのとき以来、アレットはリオネルに抱かれていないということ。

アレットはリオネルと心で想い合ってはいても、身体で愛を交わしたことは一度もないのだ。

たとえ身体の繋がりはなくても、リオネルは言葉や態度で愛情表現をしてくれている。今は妊娠をしているのだから、それで十分だと思っていた。けれど、リュシエンヌの言葉で急に不安になってくる。

(リオネル様が遠くに行ってしまうようで怖い……。リオネル様との愛をもっと確かなものにしたい。でもどうすれば……)

アレットが思い悩んでいると、小さく扉をノックする音と、リオネルの声が聞こえた。エクトルから報告を聞いて、すぐに来てくれたのだろう。

「アレット、リオネルだ。入ってもいいか？」

アレットは一瞬戸惑ってから「大丈夫です」と告げた。

部屋に入ってきたリオネルは、アレットの顔を見るなり問いかけてきた。

「リュシエンヌが来たそうだな。何を言われた？　本当に何もされなかったのか？」

「何もされていません。エクトルに言った通り、少し嫌なことを言われて、気分が悪くなってしまっただけなんです。ご心配をおかけして申し訳ありません」

「でも、ひどい顔色だ。何を言われたか、教えてくれる？」

「本当に、他愛もないことなんです。リオネル様にお話しするようなことではありません」

リュシエンヌに言われたことを、リオネルに伝えるのは嫌だった。口にしたら、リオネルの気持ちを疑っていると思われてしまうような気がして。

それに、リオネルの反応を見るのも怖かった。話を聞いたリオネルが変に動揺でもしたら、アレットは立ち直ることができない。

アレットが珍しくかたくなな態度をとるので、リオネルは会話の内容を聞き出すことを諦めたようだ。代わりにアレットを引き寄せて労るように抱きしめた。

リオネルの温かい身体に包まれ、アレットのささくれ立った心が少し平静を取り戻す。

「リオネル様、今回のことは私の不注意が原因なのです。だからエクトルを処罰しないでください」

真面目なエクトルのことだ。自ら責任を取るような発言をしたかもしれない。けれどそれで彼が罰せられたら申し訳なさすぎると思い、アレットはリオネルに懇願した。

「大丈夫だ。本人は納得していないようだが、私もエクトルに非はないと思っている。リュシエンヌは王宮の造りにかなり詳しいし、侯爵家の娘なだけあって魔法の腕もなかなかのものだ。今調査させているが、どこか隙をついて侵入してきたのだろう」

アレットはエクトルが処罰されないことを知ってほっとした。

一方、リュシエンヌが優秀な魔法の使い手だということを聞いて、胸がチクリと痛む。

彼女がリオネルの子を妊娠していれば、自分のように魔力を供給してもらう必要はなく、彼の手を煩わせることもなかったのだろうと卑屈になってしまう。

「アレット、危険な目にあわせてしまってすまなかった。本当に、大丈夫なのか？」

「少しびっくりしただけです。でも、しばらく部屋で休んでいますね。リオネル様は今日もお忙しいのでしょう？　私は大丈夫ですから、政務に戻ってください」

アレットは作り笑いを浮かべて強がってみせた。

リオネルはやはり政務が立て込んでいるのだろう。心配そうにしつつも執務室へと戻っていった。

彼が出ていったあと、アレットはまたベッドに寝そべり、ぐるぐると思考を巡らせる。

自分がこうしていてはリュシエンヌの思うつぼだ。それはなんだか悔しい。

けれどアレットの心にはわだかまりが残っていて、なかなか気持ちを上向かせることができなかった。

リオネルがアレットを抱かない理由……。それにはいくつも心当たりがあった。

アレットが妊婦だから。

またはアレットの純潔を無理矢理散らしてしまったことを、リオネルがひどく悔いているから。

もしくは、アレットにその魅力がないから……

最後の考えはあまりにも卑屈すぎると、アレットは慌てて打ち消した。

視察から帰ってきたあの日、リオネルはアレットとキスをしながら、確かに欲情していた。いつもの魔力供給のときだって、熱のこもった目で見てくるではないか。

そう考えて、アレットは少し自分を励ます。

不安な気持ちを打ち消すために、リオネルともっと深く愛し合いたい。

そして、それを幸せな思い出として、王宮から出たあとの糧にしたい。

しかし妊娠中の身ではそれは難しいかもしれない……。どうすればいいのかわからず、アレットは身近な人に相談してみることにした。

（ユニスはいるかしら……）

アレットがそうっと寝室から出てみると、ユニスはほこり取りを手に、部屋の調度品の周りを掃除していた。

「ユニス、ちょっといい？」

アレットが呼ぶと、ユニスはすぐに気付いてこちらへやってきた。

「アレット様、大丈夫ですか？　少し顔色はよくなったようですが……」

「ええ、もう大丈夫。あのね、ユニスに聞きたいことがあるのだけど、今いいかしら？」

ユニスは深刻そうな顔をしているアレットを見て、少し心配そうにしながら頷く。

アレットはユニスを寝室に招き入れ、彼女に鏡台の前の小さな椅子を勧めて、自分はベッドに腰掛けた。

「実は、リオネル様との関係に悩んでいるの」

「そうなのですか？　私の目には、お二人の姿はとても仲睦まじく映っていましたが……」

「そ、そうなのだけど……。でも、ずっと今の状態でいるのが不安なの。本当は身も心もリオネル様と愛し合いたい。愛をもっと確かなものにしたい。けど、妊娠中だからそうもいかないでしょう？　他に何かいい方法はないかと思って……」

アレットの悩みを聞いて、ユニスは目を丸くする。そしてふっと表情を緩めた。

「妊娠中でも、大丈夫ですよ」

「え？」

何が大丈夫なのだろうと、アレットはユニスに聞き返す。

「妊娠していても、性行為をすることはできます」

「ほ、本当に!?」

アレットは驚いて大きな声を出してしまった。てっきりしてはいけないものだと思って、最初から諦めていたのだ。ユニスの答えを聞き、希望の光が見えたような気がする。

「そうなのね。教えてくれてありがとう。あの……私でも、できると思う？」

「最近のアレット様は元気そうなので大丈夫だと思いますよ。ですが、今日のように急に体調を崩してしまうこともありますし、念のためドミニク先生にご相談なさってはいかがですか？」

　男性のドミニクに相談するのは、ユニスに相談する以上に恥ずかしい。けれど確かに主治医に聞くのが一番だろう。

　ちょうど今日は午後にドミニクが健診に来てくれる予定だ。そのときに勇気を出して聞いてみようと思った。

「わかったわ。本当にありがとう、ユニス」

「いいえ。また何かお悩みのことがあったら相談してくださいな」

　ユニスはアレットを勇気付けるように微笑むと、自分の仕事に戻っていった。

　そして午後、アレットは定期健診に来たドミニクに、恥を忍んで妊娠中の性行為について尋ねてみた。

「あまり激しくしなければ大丈夫ですよ。しかし途中で体調が悪くなったり、お腹が張ってきたりしたら無理せずやめたほうがいいでしょう」

　さすが医師なだけあって、ドミニクは淡々と答える。そのあとで、ふっと柔らかい微笑みを浮かべた。

　ドミニクはアレットとリオネルの間に何があったのかに、薄々気付いている。そんな二人が愛し合うようになったことを微笑ましく感じているのだろう。

アレットは丁重に礼を言って、ドミニクを部屋から送り出した。

医師から許可を得たならば、あとは自分次第だ。

アレットはリュシエンヌへの嫉妬をエネルギーに、勇気を振り絞ることにした。

その日の夕食は、リオネルが忙しくて一緒に食べることはできなかった。

リオネルはアレットの体調を心配して、早く帰れないことを詫びていたとのことだったが、むしろ今日ばかりはそれでよかったと思う。

これからのことを考えると緊張しすぎて食欲がわかなかったし、あまりたくさん食べてお腹が出てしまうのも嫌だ。けれど食欲がないアレットを見たら、きっと彼はまた心配するだろう。

少しばかり夕食を取ったあと、アレットはいつもの倍ほどの時間を使い、湯殿で身体を綺麗にした。あまりにも長く湯殿にこもっていたので、ユニスが心配して様子を見に来たくらいだ。

そして入浴後には柑橘の香りのクリームを丁寧に全身に塗った。

このクリームは、これからますます大きくなっていくお腹に塗るといいと、グレースから贈られたものだ。おそらくアレットには手が出ないほど高級なものだと思われるが、今日ばかりは贅沢に使ってもいいだろう。

それから、ユニスが気を利かせて出してきてくれた夜着を身につけた。

どこにしまってあったのか、アレットが今まで着たことのないもので、桃色の薄い布が何層にも折り重なっている。大変可愛らしいけれど、少し布を捲れば肌が透けて見えてしまいそうな上に、丈が短かった。

アレットは恥ずかしくなったが、膝まで隠れるガウンも置いてあったので、素早くそれを羽織った。きっとユニスがアレットの身体に配慮してくれたのだろう。

そうして準備が整うと、落ち着かない気持ちでリオネルの帰りを待つ。

間もなくして、リオネルが執務室から戻ってきた。

居室のソファーで身を縮こまらせていたアレットは、扉が開くと同時に立ち上がり、不自然にならないようにリオネルを迎えた。

「おかえりなさいませ。お忙しいのに、昼間は様子を見に来てくださってありがとうございました」

「遅くなってすまない。体調はもう大丈夫か？　顔色はだいぶよくなったみたいだが……」

リオネルはほんのり熱くなったアレットの頬に指を滑らせた。こういう触れ合いはしょっちゅうしているはずなのに、緊張のせいか、身体がびくんと震えてしまう。

リオネルはすぐに手を引っ込めて、「すまない」と謝ってきた。

こんな態度では、リオネルを怖がっているのだと勘違いされてしまう。アレットは焦った。

「ち、違うんです。ちょっと、びっくりしただけで！」

それを証明するように、リオネルの手を取って顔を寄せる。

彼が安堵したような表情になるのを見て、アレットもほっとした。

「体調は大丈夫です。あの、お食事はもう召し上がりましたか？」

「ああ、政務をしながら食べたよ。早く帰りたかったからな」

「私のため……ですよね？　ありがとうございます」

リオネルが自分のことを気遣ってくれたのを嬉しく思い、アレットは笑顔を見せた。

「ところで、ガウンなんて着て、寒いのか？　やっぱり具合が悪いんじゃないか？」

リオネルにそう指摘され、アレットの心臓が大きく跳ねた。

「いえ、これは、湯冷めしないようにと思って……」

しどろもどろになりながら言い訳を紡(つむ)ぐ。しかし、すぐに恥ずかしがっている場合ではないことに気付いた。

（せっかくここまで準備を整えたんだから、リオネル様に愛してもらいたい……）

「だけど……ちょっと暑くなってきました」

そう言いながら、アレットはがばっとガウンを脱いだ。実際、緊張しているせいかもあって、ガウンを着ていると暑いくらいだったのだ。

「なっ、アレット……」

リオネルは薄い夜着姿のアレットを見て、激しく動揺した。

放っておいたら『これでは冷えるから』とガウンを着せられてしまいそうだ。だからアレットは、多少強引にリオネルににじり寄って言う。

「今日の分の魔力供給をお願いします」

どうすればそういう雰囲気になるのか、どうすれば正解なのか、経験の少ないアレットにはわからなかった。

けれど、いつも魔力供給をされたあとはとても親密な空気になるので、まずはそれをしてもらうことが肝心だと考えたのだ。

「今日は積極的なんだな」

落ち着きを取り戻したらしいリオネルが、少し意地悪な笑みを浮かべて口付けてくる。

最初は啄むように軽く……そして上唇と下唇を順にリオネルの唇で挟み込まれた。もう何十回もしているキスだが、アレットは毎回どうしようもないほどドキドキしてしまう。

なかなか舌を忍ばせてこないリオネルに焦れ、アレットは自分から舌を出して彼の唇をぺろりと舐める。

少し驚いたようにリオネルの身体がぴくりと反応したが、そのあとすぐに口付けが深くなった。

飲み込めなかった唾液がアレットの顎を伝い、呼吸が荒くなっていく。そんなアレットから唇を離し、リオネルは舌で唾液の跡をたどった。その舌が首筋まで来たところで、彼は鼻をすんすんと鳴らす。

「アレット、いい匂いがする……。食べてしまいたいな」

「んっ、それはグレース様にいただいたクリームを塗ったからなんですけど……」

首にリオネルの息がかかり、アレットの口から甘い声が漏れる。

アレットは濃厚なキスによってぼんやりした頭をなんとか回転させ、今がチャンスかもしれないと考えた。

「あの、リオネル様……」

勇気を振り絞って次の言葉を探す。

（どうしよう。なんて言えばいいんだろう……）

しかし、いざとなると上手い言葉が出てこず、アレットは混乱する。

「……よろしければ、食べてください」

そう言ってから猛烈な後悔に襲われたアレットは、顔が急激に熱くなるのを感じてうつむいた。

もっと愛し合うために抱いてほしいと言うつもりだったのだが、咄嗟に出てきたのはそんな言葉だった。

どう思ったのか、リオネルは何も言わない。

間抜けな言葉の意味を取りかねているのだろうか。そもそも、アレットの意図はリオネルに伝わったのだろうか。

彼の反応が気になって、アレットは恐る恐る顔を上げた。

「アレット……」

リオネルは少し驚いた顔をしていたが、ふっと穏やかな表情になる。

（これはどういう意味？　やっぱりあのセリフは変だった……？）

思わず不安げな表情になっていたのだろうか。リオネルは安心させるように、アレットの頭をぽんぽんと軽く叩いた。

「遠慮なく食べてしまいたいところだが、今日は体調が悪かっただろう？　だからこの辺りでやめておくよ」

リオネルはそう言うと、優しい手つきでアレットにガウンを羽織らせた。

そしてアレットを愛おしむように髪を指ですく。

リオネルが視察から帰ってきた夜は、それだけで満足していた。けれど、今は不安でしょうがない……。

とはいえ、アレットはこれ以上踏み込むことはできなかった。

「あ、あの、冗談です！　驚かせてしまってすみません！」

「いや、冗談でも嬉しかったよ。少し心臓に悪かったけどね」

なんだかいたたまれなくて、冗談だったということにしてしまった。リオネルに気分を害した様子はないが、どこか残念そうに苦笑している。

「さあ、今日はもう寝たほうがいい。だいぶ回復したようだが、昼間の顔色はひどかったからな」

「はい……。リオネル様、おやすみなさい」

まだ心配している様子のリオネルを安心させるため、アレットはできる限り明るく見えるように笑みを浮かべた。

「ああ、おやすみ」

リオネルが寝室へ入っていき、アレットもまた自分の寝室に戻る。ベッドに入ると部屋に沈黙が落ちた。

どんなときでもアレットのことを気遣い、一番に考えてくれるリオネル。今日もきっとアレットのことを考えてああしてくれたに違いない。

理性ではそうわかっている。しかしリュシエンヌによって心をかき乱されたアレットは、リオネルにやんわりと拒絶されたような気がして、少なからずショックを受けていた。

きっとリオネルは『食べてください』という言葉の意味をわかっていたはずだ。

しかし、それでも彼はアレットを抱いてはくれなかった。

リオネルは本当にアレットのことを愛してくれているのだろうか……

どんどん暗くなっていく思考とともに、目頭が熱くなり、頬に涙が伝う。

その晩アレットは、泣き疲れるまで眠ることができなかった。

16

庭園での一件以来、アレットに元気がないような気がする。

リオネルは執務室で仕事をしながら、そんなことを考えていた。

表面上はなんでもないように振る舞うアレットだが、ふとしたときに表情がくもるときがある。

リュシエンヌに言われたことが原因なのか、それとも自分がアレットの誘いに乗らなかったことが原因なのか。はたまた別の理由があるのか、リオネルにはわからない。

しかし、いくら聞いてもアレットはリュシエンヌに何を言われたのか話さなかったし、あれ以来甘い雰囲気になることもなかった。

あのとき、欲望のままアレットを抱けばよかったのだろうか。

けれど、アレットがあのような行動に出たのは、おそらくリュシエンヌが原因だ。

そのわだかまりを解かないまま、アレットを抱いていいとは思えなかった。

リュシエンヌはとりあえず、自室での謹慎処分となっている。

リオネルとしては媚薬の件も視察中の夜這いの件もあるので、もっと重い処分を下したいところだった。とはいえ、今のところは自分の側妃であるし、アレットに直接危害を加えたわけではないので、表立って断罪することはできない。

しかし、気がかりなことがいくつかある。

ひとつは、リュシエンヌがアレットの存在をすでに知っていたこと。

もうひとつは、庭園への侵入経路だ。

アレットのことについては、おそらく密偵を使ってリオネルの周囲を嗅ぎ回っていたのだろう。実家のカノヴァス侯爵家の力を使えば不可能なことではない。

だが、侵入経路については未だまったくの謎だ。入口にいたエクトルや近衛兵はリュシエンヌの姿を見ていない。

リュシエンヌを問い質そうとしても、こちらが手荒な真似はできないとわかっていて口を割らないのだ。

リオネルはこの件について引き続き調べを進めながら、侵入経路が明らかになるまでは庭園に近付かないようアレットに伝えていた。

（あと少しだ。あと少しで全てにケリがつけられる……）

リオネルはアレットを正妃にすると決めた頃から、父や母、エルネストとともに、側妃たちと離縁するための準備を進めてきた。

自分が側妃たちと離縁し、リュシエンヌがいなくなれば、アレットの憂いも少しは晴れるかもしれない。

「そろそろ重臣たちにアレットの存在を明かして、側妃たちに離縁の話をしようと思う」

隣の机で仕事をしていたエルネストに、リオネルは話しかける。

「でもさあ、まずはアレットちゃんに求婚してきたらどうだい？　側妃たちと離縁したあとに振られたらどうするんだよ」

エルネストの返答を聞いて、リオネルは言葉に詰まった。

そんなことはわかっている。けれど、リオネルには自信がなかった。

もちろんアレットに愛されている実感はあるが、始まりが始まりであったし、己の王太子という厄介な立場もよくない。

それに……。

「アレットは市井で育っている。妻が五人もいる男は抵抗があるだろう」

「なるほど、懸念事項はなるべく排除してから求婚したいってわけだ。あんなにラブラブなのに、自信ないの？」

「……あるわけないだろう」

リオネルは苦々しく呟いた。

自信などまったくない。だから逃げ道を塞いで、アレットを確実に繋ぎとめたい。自分でも卑怯な手段だとはわかっているが、そのために今日まで準備を進めてきたのだ。

アレットが妊娠五か月の安定期に入ろうとする頃、リオネルは彼女を正妃にするための計画を実行することにした。

ここまで待ったのは、アレットとお腹の子供のことを考えたからだ。側妃たちと離縁し、メイドだったアレットを正妃にしようとすれば、どんなに上手く立ち回っても周りは騒がしくなるだろう。せめてアレットの心と身体が落ち着いてから事を起こしたかったのだ。

まずは内々に側妃たちに離縁したいことを告げる。

すでに彼女たちの実家への根回しはすんでいたが、リオネルは一人ひとりに真摯に自分の気持ちを打ち明け、離縁してほしいことを伝えた。

ブランシュとカミーユは両公爵からすでにこのことを聞いていたようで、名残惜しそうにしつつもリオネルとの離縁を承諾した。

マルグリットは最後の悪あがきとばかりにリオネルに媚を売ってきた。だがそれに微塵もなびかず、ひたすら謝るリオネルを見て、揺るぎない決意を感じたのだろう。諦めて身を引いてくれた。

ナターシャは、予想通り無関心な様子で頷いた。もう一年以上リオネルが後宮に通っていなかったことから、このような結果になるのではないかと薄々予感していたようだ。

そして問題のリュシエンヌはというと、父親にあらかじめ言い含められていたのだろうか。訪ねていくと、リオネルの顔も見ずに「離縁のことならば、承知しております」と言い放った。

ちなみに庭園へ侵入した件について、彼女は入口にいた近衛兵に幻術をかけて通ったと供述した。だが、どうも腑に落ちないことが多く、捜査は継続させている。

不可解な部分はあるが、リュシエンヌを王宮から遠ざければ、ひとまずは安心できるだろう。

こうして、五人の側妃たちは後宮を去った。

多少の紆余曲折はあったものの、入念な準備や根回し、そして何よりリオネルの真摯な態度が奏功した。

あとはその事実をアレットに伝え、求婚するだけだ。これまでの曖昧な関係に終止符を打ち、彼女を正妃として迎えるのだ。

（やっと、やっとだ……）

ここ最近ずっと気を張っていたリオネルは、ようやく安堵の息をついた。

だが、側妃たちとのことに時間をかなり取られていたため、しばらくは政務にかかりきりになるだろう。

（それが落ち着いたらアレットに……）

リオネルがそう考えている間に、事件は起こった。

17

妊娠五か月目に入り、アレットは体調のいい日が増えてきた。にもかかわらず、相変わらず浮かない顔をすることが多かった。

リュシエンヌのことは、日が経つにつれて自分の中でも折り合いがついてきた。しかし、悩みがひとつ解決すると、また別のことが気になってくるのだ。

ここ最近、リオネルは毎日疲れ切った顔で帰ってくる。どうしたのか聞いても、政務が忙しいとしか言ってくれない。

しかし、こんなに憔悴したリオネルを見るのは初めてだった。

きっと何か大変なことが起こっているのだとは思う。だが、おそらくアレットには言えない、もしくは言っても仕方がないことなのだろう。

愛しい人が大変なときに力になれないどころか、魔力を与えてもらってばかりいる自分を、アレットはひどく歯がゆく感じていた。

そんなある日の昼下がり。アレットが勉学の手を休め、ユニスが淹れたお茶を飲んでいると、部屋の近くで何かが爆発するような大きな音がした。

「今のは何!?　すごい音だったけど……」

リオネルの私室は王宮の奥まった場所にあり、普段は人の声もほとんど聞こえてこないほど静かだ。

そんなところへ、明らかに異常な轟音が響き渡り、アレットとユニスは緊張に身を硬くする。

「アレット様は何があっても絶対にお部屋を出ないでくださいね。ちょっと見て参ります」

「でも、危険ではない？」

「外の近衛兵に様子を聞いてくるだけです。待っていてください」

そう言うや否や、ユニスは足早に部屋を出ていってしまった。

先ほどの轟音が嘘のように静かになる。部屋に一人残され、どんどん不安が募る。

（一体何が起こっているの……？）

アレットは窓の外を覗いてみるも、そこにはいつもの景色が広がっているだけだった。

部屋の中を歩き回って不安を紛らわそうとするが、上手くいかない。

いくら待っても、ユニスが戻ってくる気配はなかった。

（ユニス……どうして戻ってこないの？　もしかして何かあったの……？）

そう思ったとき、廊下に続く扉のほうからユニスの声がした。

「アレット様、すぐにお部屋を出てください！」

「ユニス、何があったの？　外はどうなってるの？」

アレットは急いで声のほうへ近付き、扉を開ける。

そこにいたのは確かにユニスだった。

ここまで走ってきたのか、息を切らしている。

「ユニス？」

何か違和感を覚える。部屋の前に常にいるはずの近衛兵もいない。

色々な疑問がアレットの頭の中を駆け抜けたが、答えを出す前に強い力で腕を引っ張られる。

「申し訳ありませんが、事情はあとでご説明いたします。ここにいては危険なので、私についてきてください！」

「わ、わかったわ」

ユニスの鬼気迫る表情を見て、何かよくないことが起こったに違いないと悟ったアレットは、彼女に引っ張られるままあとをついていった。

　そうして連れてこられたのは、リオネルの私室からほど近い後宮の一角。

　アレットは入ったことのない場所だが、おそらくはここでリオネルの側妃たちが暮らしていたのだろう。

「さあ、こちらの部屋にお入りください」

　促されるままに入った部屋は、家具などは一通り揃っているものの、生活感がまったくない。ベッドやソファーには布がかけられており、今は使われていないことが窺えた。

「ユニス、教えてちょうだい。一体何があったの？」

　言われるがままついてきてしまったが、よく考えればリオネルの私室には強固な結界が張ってあり、どこよりも安全なはずだった。

（あの部屋が危険にさらされているなんて、どういう状況なの？）

　アレットは急に不安になってくる。

「賊が入ったのですわ」

　そう言ってユニスは……いや、ユニスだと思っていた女性はにこりと笑う。

　目の前にいるのは、ユニスとはまったく別の女性だった。

　藍色の巻き毛に、同じく藍色の瞳。着ているものさえもユニスのお仕着せとはまったく違う。

「ユニス……？　いえ、あなたは……」

アレットは顔から血の気が引き、恐怖で身体が縛り付けられるような錯覚に陥っていた。

「あら、もう時間切れのようね。せっかく上手く化けられたのに……」

残念そうに口をとがらせた美女は、リオネルの側妃マルグリットだった。彼女のことも他の側妃たちと同様に、夜会で給仕をしていたときに見かけたことがある。

その姿はユニスとは似ても似つかないのだが、おそらく変身魔法か何かで化けていたのだろう。

（どうして彼女が？）

そう疑問に思うとともに、マルグリットが先ほどリオネルの私室に入らず、外から呼びかけていたことを思い出す。

あの部屋へは、あらかじめリオネルが許可した人物しか入ることができない。だから彼女は入らなかったのではなく、入れなかったのだ。

アレットが部屋の外に出たのは、今思えば迂闊だった。だが、気が動転していたのでそこまで頭が回らなかった。

アレットが身を強張らせていると、隣室の扉が開かれ、リュシエンヌが部屋に入ってきた。

「あら、マルグリット様、日頃の鍛錬が足りないのではなくて？」

「申し訳ありません。私ではリュシエンヌ様みたいに魔法を扱えないようですわ。では、私は準備をして参りますわね」

マルグリットはそう言うと、リュシエンヌと入れ替わるように隣室に入っていった。

「そんなに怯えなくてもいいのよ。何もあなたの命まで取ろうと思っているわけじゃないのだから」

リュシエンヌは冷酷な光を瞳に宿しつつも、名家の令嬢らしい優雅な足取りでアレットの前まで歩みを進める。

「アレットさんと少しお話ししたかっただけなのよ。だけど普通に面会を申し込んでも通してもらえないから、ちょっと手荒になってしまったの」

美しく手入れされたリュシエンヌの指先が、アレットの頬をつーっと撫でた。

口ではそう言っているものの、彼女たちが何かよからぬことをたくらんでいるのは明白だ。

自分はまんまとリオネルの私室から連れ出されてしまった。ということは、さきほどの爆発音も、彼女たちが仕組んだことなのかもしれない。

アレットは自分の愚かさに歯噛みした。

（この場から逃げなくちゃ）

そう思うが、蛇に睨まれた蛙のように動けずにいる。

非力な女性とはいえ、彼女たちは高位の貴族だ。先ほどマルグリットがユニスに化けていたように、アレットには想像もできない魔法を使えるに違いない。

そう考えると、恐怖で身が竦んでしまうのだ。

「さあ、お座りになって。あなたのために、特別にお茶とお菓子も用意したのよ」

リュシエンヌが部屋の中央へ目をやる。

すると、家具にかかっていた布がふわりと舞い上がり、丸いテーブルとそれを囲むように置かれた三脚の椅子が露わになった。

今のももちろん魔法だろう。

ひとまずは言うことを聞いていたほうが安全かもしれないと思い、アレットはおとなしく椅子に腰を下ろした。その隣にリュシエンヌも着席する。

一体これから何をされるのだろう。

慄然とするアレットの背中を、冷や汗が滑り落ちていく。

「リュシエンヌ様、お待たせいたしました」

アレットとリュシエンヌのもとへ、マルグリットがワゴンを押してやってくる。

そこには湯気を立てる豪華な茶器と、見るからに美味しそうな焼き菓子が載っていた。

マルグリットはそれらをリュシエンヌとアレットの前へ置き、さらに空いている席にも置いてそこに着席する。

「我が家自慢の紅茶と焼き菓子ですのよ。さあ、召し上がれ」

マルグリットの言葉とともに、リュシエンヌは洗練された仕草で紅茶に口をつける。

マルグリットもそれに続いた。

しかし、アレットは口をつけなかった。

いつもアレットのもとに運ばれてくる王族専用の食器には、毒が仕込まれていれば反応する魔法がかけられている。それ以外の食器に入ったものは決して口にしないようリオネルから言われていた。

それでなくても、この状況だ。紅茶もお菓子も怪しすぎる。

「あら、アレットさんは召し上がらないの？　マルグリット様が手ずから淹れてくださったものに口をつけないなんて、失礼になるわよ」

「申し訳ございません。今日は気分が悪くて、紅茶もお菓子もいただくことができないのです……」

ただ断るだけでは角が立つだろうと、苦し紛(まぎ)れに言い訳をする。

二人からの突き刺さるような視線を感じて、とても居心地が悪かった。

「そうですわね。なんといっても、リオネル様のお世継ぎを身ごもっておられるのだもの。口に入れる物に神経質になるのはわかるわ」

リュシエンヌがにやりと笑い、細めた目でアレットを捉(とら)える。

彼女の深い茶色の瞳が、妖(あや)しく揺らめいた。

「では、このようにしたらどうかしら」

その瞬間、アレットは見えない力に身体の自由を奪われる。とっさに声を上げようとしたが、舌すら動かせなかった。

(身体が動かないっ……。これも魔法なの⁉)

「どう？　これが魔法の力よ。王族の、ましてやリオネル殿下のように強力な魔力をお持ちの方の妃ならば、必ず持っていなければならない力よ！　それなのに、あなたのような者が……！」

リュシエンヌは怒りにわなわなと震えていた。

(必ず持っていなければならない力……)

わかっていたこととはいえ、アレットはショックを受けていた。

毎日魔力供給を受けなければ子供も満足に産めないアレット。けれどリュシエンヌならばわざわざそんなことをしなくとも、立派にその大任を果たせるだろう。

アレットは彼女との違いをまざまざと見せつけられた気がした。

「けれど、あなたのお腹の子供……どうやらリオネル殿下に愛されてできた子ではないようね？　そしてそれ以来、リオネル殿下には抱かれていない。そうでしょう？」

アレットの顔がカッと熱くなった。

（どうしてそれを知っているのっ？）

そんな疑問が浮かぶとともに、リオネルと身体で愛し合おうとして失敗したことを思い出して、たまらなく悔しい気持ちになる。

そんなアレットを見たリュシエンヌは、勝ち誇ったような笑みを浮かべた。

「やはり、そうなのね。あなたのように凡庸(ぼんよう)で貧相な女、リオネル様が相手にするはずないわ。あなたはただ、たまたま子供ができたから囲ってもらえているだけのかわいそうな女なのよ」

リュシエンヌの言葉が鋭いナイフのようにアレットの心に突き刺さる。

「だから、先ほども言った通り、あなたの命までは奪わない。あなたにはその価値がないもの」

リュシエンヌの蠱惑的な笑みに、アレットの背筋が寒くなる。

もしかして……と嫌な予感が頭の中を駆け巡った。

（『命までは奪わない』ということは……）

唐突に、右腕に違和感が生じる。

アレットの意思とは関係なく腕が動き、紅茶のカップに手がかかった。

「ふふふ、いいことを教えてあげるわ。そのカップにはね、二つお薬が入っているのよ。ひとつはお腹の子を流すお薬。そしてもうひとつは、あなたの記憶をなくすお薬。全てを忘れ、おとなしくしているならばあなたのことは見逃しましょう。子供を失った悲しみも感じないようにしてあげる。私たちってなんて慈悲深いのかしら！」

リュシエンヌが高らかに嗤い、マルグリットもそれに同調して口を開く。

「あなたのような身分も魔力もない娘は、リオネル様にはふさわしくない。子供さえいなければ、あなたが正妃だなんて誰も認めないわ。そのお腹の子はリオネル様の過ち。私たちが正し、全てなかったことにしてあげるのよ！」

アレットは怖くて怖くてたまらなかった。

彼女たちは何か勘違いをしているのだ。正妃になどなれないのは、アレット自身が一番よくわかっている。

そんな地位は望まない。子供を産んだら、彼女たちの邪魔にならないようにここを出ていく。

それでも許せないのなら、自分のことはどうでもいいから、子供だけは助けてほしい。

そう叫んで訴えたかったが、相変わらず声を出すことも、身体を動かすこともできない。

魔法で操られた右腕だけが動き、薬の入ったカップがどんどん口に近付いてくる。

まさしく絶望的な状況だった。

きっと助けは望めないだろう。先ほどの爆発音に気を取られて、アレットがここにいることに誰も気付いていないに違いない。

ユニスが無事ならば探してくれるだろうが、リュシエンヌたちが彼女を自由にさせておくはずがなかった。

(嫌だ！　飲みたくない！　この子を失いたくない……!!)

しかしアレットの願いも虚しく、絶望を満たしたカップは今まさに唇に触れようとしていた。

❖

リオネルは重臣たちとの会議の途中でそれを感じ取り、勢いよく立ち上がった。

意見を述べていた者は驚いて発言を中断し、辺りがしんと静まりかえる。

「リオネル、どうし……」

隣に座っていたエルネストが問いかけるが、彼が言い終わる前にリオネルは「すまないが、少し席を外す」と早口に言って会議室を飛び出した。

(今のは……間違いない。アレットのペンダントの反応だ)

アレットの身に何か起きたのだろうか。

リオネルは会議室を出ると、ペンダントのある場所を探る。

すぐにその位置を突き止めたリオネルは、持てる力を全て駆使してペンダントがある場所へ向かった。魔法で身体能力を強化して速く走り、通り抜けられる壁はすり抜ける。

(また以前のようにお腹の子の魔力が暴走しているのか？　だが、何者かに魔法をかけられたのだとしたら……)

杞憂であればいいのにと思いつつ、リオネルは悪い予感を振り払えない。

なぜなら、ペンダントはどうやら後宮にあるようなのだ。

アレットがそんなところに足を踏み入れるはずがない。

つまり、何者かがアレットを連れ去った可能性が高いということだ。

嫌な汗が噴き出し、心臓が早鐘を打った。

（ここか……⁉）

ペンダントがあると思われる部屋を見つけ出し、ドアノブに手をかける。だが、当然のように鍵がかかっていた。

リオネルは火炎魔法で瞬時に鍵を焼き切り、蹴破るようにして扉を開けた。

「アレット！　ここにいるのか⁉」

中に入ると、そこには元側妃であるリュシエンヌとマルグリット、そして不自然な様子でティーカップを口に近付けるアレットがいた。

アレットの全身にリュシエンヌの魔力がまとわりついている。

リオネルはすぐさま魔法でアレットの手からカップを遠ざけた。

同時にリュシエンヌの魔力へと干渉し、拘束魔法を打ち破ってアレットを自由にする。

「リオネル様……！」

「無事か⁉　アレット！」

そう言いながら、アレットのほうへ駆け寄る。

「は、はい……私は大丈夫です……」

かわいそうなことに、アレットは蒼白な顔でガタガタと震えていた。

リオネルはアレットの肩を抱き、優しくさする。

そうしながら、先ほどのカップを自分のもとへ引き寄せた。

「これはなんだ？　リュシエンヌ、マルグリット。アレットに何をしようとしていた!?」

「で、殿下！　私たちはアレット様とお話ししていただけですわ。そんなに怖いお顔をなさらないで」

マルグリットが顔を強張らせながら言う。

「ほう、ではなぜこれをアレットに無理矢理飲ませようとしていた？　アレットに術をかけたのはお前だな？　リュシエンヌ」

「アレット様が、せっかくマルグリット様の淹れてくださったお茶を飲もうとしないので、王宮の礼儀を教えて差し上げていたまでですわ」

なおも苦しい言い訳を続けるリュシエンヌを、リオネルは冷たく見下ろした。

この状況で随分と舌が回るものだ。

「礼儀を教えるのに魔力を使うとは、随分と手荒なやり方だな。このカップの中身はなんだ？　どれだけ言い逃れしようと、調べれば簡単にわかることだぞ」

リオネルの強い怒りを感じ取ったのか、マルグリットはすでに青ざめた顔をしていた。

やはりこのカップの中には何かが仕込まれているのだろう。

「言え、リュシエンヌ」

リオネルが詰め寄ると、リュシエンヌは突然顔を歪ませ、涙をぽろぽろとこぼし始めた。

「リオネル様が、急に離縁などと言うから……わたくしたちは寂しくて……」

リュシエンヌが涙声でそう言った瞬間、リオネルの持っているカップめがけて閃光が迸る。

しかしそれは、カップに当たる前に大きな魔力に包まれて消滅した。

リオネルの隙をついてカップを破壊しようとしたリュシエンヌは、あっさりとそれを阻止され、悔しそうに顔を歪めた。

「リュシエンヌ、私にかなうとでも思ったのか？　私がこうして聞いてやっているうちに話したほうがいい。これは立派な犯罪だ。お前たちに無理矢理吐かせる手段はいくらでもある。わかってるだろう？」

リオネルはリュシエンヌを睨みつける。

「さあ、言え！　リュシエンヌ！」

リュシエンヌは皮膚が白くなるほど拳を握りしめ、ややあってから諦めたように口を開いた。

「……それには、子を流す薬と、記憶を消す薬が入っております。けれど、けれど……！　リオネル様が悪いのですわ!!　わたくしたち側妃を放っておいて、その挙句にこのような身分の低い娘を正妃にし、さらにわたくしたちを離縁しようとするなんて！」

リュシエンヌが髪を振り乱し、悲痛な叫びを上げた。

マルグリットもまた、瞳を涙で潤ませつつ訴える。

「そうですわ！　側妃という立場を失った私たちを、世間がどう思うかわかっておりますの!?」

愚かにも彼女たちは、アレットの子供が流れれば、また側妃としてリオネルのもとに戻れると信じていたに違いない。

犯行が明らかになれば彼女たちは罰せられるというのに、そんな危険を犯してでも、側妃という立場に戻りたかったのだろうか。

リオネルの計画は全て上手くいったはずだった。多少の問題はあったものの、側妃たちと穏便に別れることができたと思っていた。

しかし、そう思っていたのは自分だけだったのか。

彼女たちの心情に思い至らなかった、浅はかな自分を呪った。自分のせいで、アレットとお腹の子供は危険にさらされたのだ。

「お前たち側妃を長い間ないがしろにしてしまったことは、反省している。しかし、私はアレットに出会って愛というものを知った。もう彼女なしでは生きていくことができないし、彼女以外は愛せない。私の都合で振り回してしまって、本当に申し訳ないと思っている……」

リオネルは二人に対して真摯に謝罪し、深く頭を下げた。

リオネルの言葉を聞いたリュシエンヌは驚いて目を見開き、そしてすぐにうなだれた。

マルグリットもまた、諦めたように肩を落とす。

「私にお前たちを罰する資格はないのかもしれないが、だからといって見過ごすわけにはいかない。一旦兵に引き渡させてもらうが、なるべく穏便にすむようできる限り力にはなろう」

これは、自分が原因で起きてしまったことだ。

もちろん元側妃たちの行いは許されることではないが、リオネルは厳罰を下したいとは思えなかった。

割り切れない気持ちをかかえたまま、リオネルはアレットを立たせ、その腰を支えるようにして部屋をあとにする。

そして二人がどこにも行けないよう部屋に結界を張り、連絡用の使い魔を飛ばして兵を呼んだ。

「アレット、怖い思いをさせてすまない。震えはおさまったか？　他に異状はないか？」

私室に向かいつつ、リオネルはアレットの体調を気遣う。

「はい、もう大丈夫です。しかし、ユニスや部屋の前で警備をしていた近衛兵がいなくなってしまったのです。彼女たちは無事でしょうか？」

「なるほど……。ここに来るまでの経緯を教えてくれるか？」

そう言われて、アレットは部屋で爆発音を聞いてからのことを順に語った。

「わかった。おそらくもう他の兵が動き始めているとは思うが、私も確認してこよう。アレットは部屋から絶対に出ないで」

「はい……。そもそも私が不用意に部屋を出なければこんなことには……申し訳ありません」

「アレットが謝ることではない。全て私のせいなんだ……。アレットも、お腹の子も無事で本当によかった」

リオネルは改めて安堵の息をつく。

もしアレットかお腹の子供がどうにかなっていたら、自分はおかしくなってしまっていただろう……

リュシエンヌやマルグリットを殺してしまっていたかもしれない。

アレットを部屋まで送りとどけたリオネルは、その存在を確かめるように抱きしめた。

それから兵たちを引き連れて、爆発音がした場所を突き止めに行く。しかし、王宮のどこにも爆破されたようなところはなかった。

（きっと爆発音は陽動だ。魔法で音だけ鳴らしたんだろう。だとすると……）

私室の近くを調べさせると、あまり使われていない物置からユニスと二人の近衛兵が見つかった。全員魔法で眠らされており、もちろんその場に犯人と思われる人物はいなかった。

「お前たち、起きろ。誰にやられた？」

リオネルは三人を起こし、問いかける。

起きたばかりの彼らはきょろきょろと周りを見回していたが、すぐに近衛兵の一人が立ち直り、姿勢を正した。

「ローブを頭からかぶっていたので、顔は見ることができませんでした。しかし、背丈が低かったので女性か、子供だったと思われます……」

近衛兵は王族を守るためにいるので、剣や武術だけでなく、魔法にも秀でている。そんな彼らを一瞬で眠らせることなど、ごく限られた者にしかできない。

リュシエンヌが主導した犯行だということと、今の近衛兵の証言をもとに考えると、彼らを眠らせた犯人も元側妃である可能性が高いだろう。

そしてリュシエンヌとマルグリットを除いた三人の元側妃の中で、そんなことができるのは一人だけだ。

「ベルリオーズ伯爵家へ使いを出せ。ナターシャの所在を確認しろ」

リオネルは兵に命令を出す。

ナターシャは他の元側妃に身分こそ劣るものの、天性の魔力に恵まれ、様々な魔法を器用に操ってみせる天才だった。

離縁の話をした際にはあっさり首を縦に振り、未練など少しもないような態度を見せていた。それなのに……

(彼女までもが……)

本当に自分の鈍さが嫌になる。

側妃たちの上っ面ばかりを見ていて、本当の気持ちに気付くことができなかった。

リオネルは自責の念にかられるが、アレットと子供の安全のために、まだやらなければならないことがあった。

すでに三人もの人物が関わっているとわかったが、それでも疑問が残る。

王宮には侵入者があれば直ちにわかるように、魔術師たちによる大きな結界が張られている。側妃たちは確かに優秀な魔法の使い手ではあるが、結界を無視して侵入、もしくは結界を魔法で破ろうとすれば、必ずわかるはずだった。

ということは、その結界を管理している魔術師たちの中に共犯者がいる可能性が高い。以前リュシエンヌが警備の目をかいくぐって庭園に入り込めたことも、それならば納得がいく。

「結界の管理をしている魔術師たちの身辺を調べてくれ。特にカノヴァス侯爵家と繋がりの深い家の者に注意しろ」

リオネルはやるせない思いをかかえつつも、内部の共犯者を洗い出すべく、調査を命じた。

爆発音を起こし、ユニスたちを眠らせたのは、元側妃の一人ナターシャだった。彼女はすでにリュシエンヌとマルグリットが捕まっていることを知ると、すぐに自白したのだ。

リオネルは囚われた三人の元側妃(そくひ)と面会し、改めてそれぞれと話す場を設けた。彼女たちが犯してしまった罪を消すことはできないが、今度こそ遺恨(いこん)を残さないように、自分の思いを伝え、謝罪した。

ナターシャとマルグリットは、協力すれば側妃(そくひ)に戻ることができると言われてリュシエンヌの計画に手を貸したらしい。

マルグリットは側妃(そくひ)という立場に固執(こしゅう)するあまりに、そしてナターシャは意外にもリオネルのことを想うあまりに、この無茶な計画に協力したようだ。

ナターシャとマルグリットは、改めてリオネルの謝罪を受け入れ、事件への関与を悔(く)いた。

けれどリュシエンヌとはまだ話ができておらず、リオネルは彼女のいる地下牢へ足を運んでいた。

「……リュシエンヌの様子は？」

「それが、今日も何ひとつ召し上がらず」

事件から五日が経つが、主犯格のリュシエンヌはあれ以来ほとんど食べ物を口にせず、ひたすら心を閉ざしていた。

誰の呼びかけにも答えず、濁った瞳で宙をぼんやりと見つめており、牢番たちも途方に暮れているようだ。

そんなリュシエンヌのもとを、リオネルは毎日訪れていた。

今日もリオネルは政務を終えてからリュシエンヌのもとへ行き、辛抱強く呼びかけた。しかし、彼女は相変わらず無視を決め込んでいる。

仕方なく部屋に戻り、リオネルは大きくため息をついた。

リュシエンヌの罪は重い。リオネルがかけ合って死罪は免れたものの、正式に処遇が決まって彼女が王宮から出ていってしまったら、もう二度と会えないだろう。それどころか、このままでは身体が弱って死んでしまう可能性すらある。

あんなことをしたとはいえ、リュシエンヌは八年間も連れ添った元側妃だ。

自分を恨んだままでもいいから、せめて元気になってほしかった。そしてできることならば、リュシエンヌともう一度話をして、彼女の憂さを少しでも晴らしてやりたかった。

「リュシエンヌ様のご様子はいかがでしたか？」

浮かない顔で帰ってきたリオネルを心配そうに覗き込みながら、アレットが声をかけてきた。

アレットもリュシエンヌには複雑な思いをかかえているはずなのだが、ここ最近の彼女の様子を聞いて心を痛めているようだった。

「今日も反応がなかった。このままでは遠からず衰弱死してもおかしくない……」

アレットにはあまり心配をかけたくないと思いつつも、ここ数日の疲れからか、ぽろっと最悪の予想が口から出てきてしまう。

それを聞いたアレットはしばらく考え込み、やがて意を決したようにリオネルに告げた。

「私をリュシエンヌ様に会わせてください」

「それは危険だ。アレットに万が一のことがあったら私は……」

あの状態のリュシエンヌがアレットに危害を加えるとは思えないが、可能性がないとも言い切れない。リオネルはもう二度とアレットを危険な目にあわせたくなかった。

「言いたいことがあるのです。お願いします！　このままリュシエンヌ様が弱っていくのは嫌なのです」

アレットの決意は固いらしく、意志の強い瞳でリオネルをじっと見つめてくる。

しばらく沈黙が続いたが、やがてリオネルは根負けして頷いた。

「……わかった。何か考えがあるんだろう？　それならアレットにお願いしよう」

「ありがとうございます。上手くいくかはわかりませんが、頑張ってみます」

「こちらこそありがとう。アレットのことは私が必ず守るから」

自分を害そうとした相手をも気遣うアレット。その心根を愛しく思い、リオネルはアレットを抱きしめた。


翌日、リオネルはアレットを連れて再び地下牢へと足を運んだ。

階段を下りた先にある薄暗い牢の中で、リュシエンヌは相変わらず生気のない様子でぼんやりと宙を見つめている。

「リオネル様、牢の中に入らせてください」

「しかし……」

「何かあれば、守ってくださるのでしょう？」

「それはそうだが……」

リオネルは渋々牢番に牢の扉を開けさせた。そしていつでも守れるように、アレットの隣に寄り添う。

アレットは何かを決意するように深呼吸すると、暗い牢の中へと足を踏み入れた。

リュシエンヌはアレットが目の前に立っても、なんの反応も見せない。

憎しみという感情すら失ったかのようだった。

「リュシエンヌ様……」

アレットが呼びかけると、リュシエンヌはかすかに身じろぎした。

「ふふ……わたくしを、憐れみに来たの……？」

リュシエンヌの口から自虐的な言葉がこぼれ落ちて、リオネルは息を呑む。ここ数日、リオネルがいくら話しかけても彼女は返事すらしなかった。

そんなリュシエンヌがアレットの呼びかけには応じたのだ。

「いいえ……ちょっと失礼します」

アレットはすうっと息を吸い込み、それからパァン！　と小気味好い音を立ててリュシエンヌの頬を引っ叩いた。

「な……何をするの小娘！」

激昂したリュシエンヌが、持ち前の勝気な声を張り上げた。

呆気にとられていたリオネルだったが、その怒気を孕んだ声を聞いて我に返り、アレットをかばうため一歩前へ出ようとする。

しかし、それはアレットによって止められた。

彼女はリオネルを目で制し、再びリュシエンヌに向き直る。

「あなたはこの子を殺そうとした。とても罪深いことをしたのよ。私は絶対にあなたのことを許さない！」

リュシエンヌに負けないくらいの気迫でアレットは言い放った。

彼女が滅多に出さない大きな声が、牢の中に響く。

「ふんっ、わざわざそれを言いに来たの？」

リュシエンヌはアレットを馬鹿にしたように嘲笑った。

しかしアレットはそれを意に介さずに続ける。

「許せないけれど、リオネル様を想うあなたの気持ちは痛いほどにわかるつもりです」

「なっ……！」

まさかそんなことを言われるとは思っていなかったのだろう。リュシエンヌは怒っていたことも忘れたかのように狼狽え、頬を紅潮させる。

（俺を、想う気持ち……？）

リュシエンヌもマルグリット同様、側妃という立場に固執するあまり事件を起こしたのだと、リオネルは思っていた。

（それは違っていたというのか……？）

リオネルが呆然としていると、アレットがさらにリュシエンヌに詰め寄った。

「きっとリオネル様は、あなたの気持ちに気付いてもいないでしょう。それでいいの？

あなたは今後二度とリオネル様に会えなくなってしまうかもしれないのよ」

リュシエンヌは答えず、再びうつむいてしまう。表情が見えないので、アレットの言葉を聞いて何を感じているのか読み取ることはできなかった。

しばらくするとリュシエンヌが顔を上げ、きっとリオネルを睨みつけてくる。

そしてゆっくりと立ち上がり、リオネルに近付いた。

その瞳には、哀しみと怒りがないまぜになった感情が浮かんでいた。彼女は大きく手を振り上げ、リオネルの頬を思いっきり引っ叩く。

パァン！　と先ほどと同じような音が響いた。

「勘違いしないでちょうだい！　わたくしはこんな男のこと、好きでもなんでもないわ！」

吐き捨てるように言ったリュシエンヌは、強がっているような笑みを浮かべていた。

「わたくしは自分の栄誉のために、側妃でありたかっただけよ。けれど、今日で本当に愛想が尽きたわ。わたくしの扱いに困った末に自分の女を担ぎ出す男なんて、願い下げよ！」

そう言ってリュシエンヌはくるっと後ろを向いてしまう。

きっとこれは、彼女なりの許しの言葉なのだろう。

「リュシエンヌ……」

リオネルは改めて謝罪の言葉を口にしようとした。

けれどそれは、リュシエンヌの声によってかき消された。

「とっとと出ていきなさい！　……もう、困らせるような真似はやめるわ」

こちらに背を向け、呟くように言ったリュシエンヌ。リオネルは彼女に深く頭を下げると、アレットとともに牢をあとにした。


牢から出て歩きながら、リオネルはアレットに問いかける。

「どうしてリュシエンヌの気持ちがわかったんだ？」

リオネルは仮にも夫婦だったにもかかわらず、彼女の気持ちにまったく気付くことができなかった。

リュシエンヌはあからさまに媚を売っていたし、リオネルに愛を囁くこともなかったのだ。

「あの事件の日、リオネル様が私以外愛せないとおっしゃってくださったあと、リュシエンヌ様の目に涙が浮かんでいたのです。それで、もしかしたら……と」

「なるほど……。恥ずかしながら、私はまったく気付かなかったよ」

「リュシエンヌ様はすぐに下を向いてしまわれたので、気付かなくて当然だと思います。私は彼女と同じ気持ちをかかえているから、気付けたのでしょう」

アレットは前を見ながら静かに言う。その言葉に、リオネルの胸が温かくなる。

こんな自分を愛してくれるアレットに感謝を伝えたくて、繋いでいる手にきゅっと力をこめた。

それから三日後。リュシエンヌたち三人が王宮内に入り込む際に手引きをした者が捕らえられた。その人物は魔導学術院に所属しており、王宮の結界管理の副責任者だった。

彼は実家が没落しかけていたところをカノヴァス侯爵家に救ってもらった過去があるらしく、その恩を返せと言われてリュシエンヌに協力させられたようだ。

彼は解雇され、裁判にかけられる予定になっている。だが、リュシエンヌが彼を脅迫したことを認めたため、あまり重大な罪にはならないだろう。

そして、元側妃(そくひ)の三人についてもそれぞれ処遇が決まった。

主犯のリュシエンヌは、カノヴァス侯爵家の爵位剥奪(はくだつ)及び本人の国外追放。

他の二人は実家が治める領地を大幅に縮小され、本人たちは国境付近の修道院へ送られることになった。

18

事件の後処理が落ち着いた頃の、ある日の朝。

「アレット、このあと、久しぶりに庭園に行かないか？」

いつものようにリオネルと二人で朝食を取っていると、彼にそう言われた。

リュシエンヌとの騒動があってから、庭園には一度も行っていない。

アレットは久しぶりにあの美しい庭を見られることが嬉しくて、「喜んで」と笑顔で返答した。

朝食を終え、手を繋いで庭園に向かう。

庭園までの道はいつもと同じはずなのに、アレットは違和感を覚える。けれどその正体がすぐにはわからなかった。

それがわかったのは、前方から歩いてきた侍女が足を止め、リオネルとアレットに向かって頭を下げたときだった。

いつもはリオネルが結界を張っているため、移動する二人の姿は誰にも見えていない。

けれど今日はそうではないようだ。
「あの、リオネル様、今日は結界を張っておられないのですか?」
アレットは不安げな声で尋ねた。
「ああ、張っていないよ。もう隠れる必要がないからな」
リオネルはアレットに笑顔で答えてくれたが、またすぐに前を向いてしまう。だから
アレットは、それがどういう意味なのか聞くことができなかった。
最近、アレットはリオネルについて、気になっていることがあった。
ひとつは、誘拐事件のせいでうやむやになってしまっていたが、彼がしばらくの間何
かに奔走している様子だったこと。
そしてもうひとつは、どうやら側妃たちと離縁したらしいということだ。
あの事件の時の、リオネルとリュシエンヌたちのやり取りから察するに、彼はアレッ
トのために側妃たちと離縁してくれたようだった。
忙しくしていたのも、そのためだったと考えれば納得がいく。
(うぬぼれすぎかしら……)
あれからしばらく経つものの、アレットはこれらの説明を一切されていない。
何度か聞いてみようかとも考えたが、自分の勘違いだったらと思うと、怖くて言い出

すことができなかった。

庭園に着いて、他愛もないことを話しながら散歩する。今日は雲ひとつない青空が広がっており、日向を歩くとわずかに汗ばむ。

四阿にある椅子に二人並んで腰を下ろすと、日陰のひんやりとした空気が心地よく感じられた。

「今日は話があって、ここに連れてきたんだ」

リオネルは緊張を孕んだ瞳で、アレットを見つめた。いつもと違うリオネルの様子に、アレットの背筋が自然と伸びる。

「まずは、心配をかけてすまない。アレットがずっと浮かない顔をしていると、ユニスに怒られてしまった」

リオネルは苦笑しながら言った。

「いえ、なんのお力にもなれず、すみません。そればかりか、魔力を供給していただくなど面倒をおかけして……」

「面倒だなんて、とんでもない。むしろそれを糧に頑張っていたよ」

気を落としてうつむくアレットの頭を、リオネルは軽く撫でた。

「……私には側妃が五人いただろう？」

その言葉に、アレットの心臓がどくりと音を立てた。

（離縁の理由を話してくれるのかしら……）

気になっていたことを話題に出され、思わず緊張してしまう。

「あの事件のせいで伝えるのが遅くなってしまったのだが、彼女たちとは離縁した。私はもうアレット以外を愛することができなくなったからだ」

改めて口に出されると、胸がひどく熱くなる。

アレットは目を潤ませながら、リオネルの瞳を覗き込んだ。胸がいっぱいで、言葉が出てこない。

そんなアレットの様子を見てリオネルは微笑み、彼女の手を取った。

「私は君に取り返しのつかないことをしてしまったし、王太子という厄介な立場にある。だけど、君のことを誰よりも愛しているし、必ず幸せにすると誓う。だからアレット……私の、正妃になってほしい」

アレットの瞳から、涙がこぼれ落ちた。嬉しさのあまり身体が震えてくる。

これは夢だろうか？

子供を産んだら、リオネルと離れようと思っていた。

彼に側妃がいることは仕方のないことだと思っていた。

あまりに自分にとって都合のいい展開に、アレットは不安になってしまう。

（そもそも身分違いの恋だもの。反対されるに決まっているわ……）

何よりリオネルの正妃になるということは、将来の王妃になるということだ。自分のような者に務まるのだろうか。

短い間にぐるぐると色々なことを考えてしまい、アレットはなんと言っていいのかわからなくなった。言葉の代わりに、涙ばかりがぽろぽろとこぼれていく。

リオネルは不安そうな顔で重ねた手を握りしめ、アレットが話し出すのをじっと待っていた。

「……うれ、しいです」

涙の意味を勘違いされたくはない。アレットは目元を拭いながら、なんとか言葉を紡ぎだした。

「でも、私なんかが、正妃になるなんて……自信がありません。それに、周りの方々が反対されるのではないですか？」

アレットの弱々しい問いかけに、リオネルは大きくかぶりを振った。

「もう重臣たちには認めさせているから、そちらは問題ない。父上も、もちろん母上も喜んでいる。正妃の務めに関しては、子供が産まれて身体が回復してから、ゆっくり覚えていけばいい。だから、私の隣にいてほしいんだ」

リオネルは灼けるような眼差しをアレットに向けながら続けた。

「アレットの隣に立って、一緒に子供を育てたい。それに、私はもうアレット以外の妃を娶らないと誓う。私の妃はアレットだけだ……」

側妃たちのこと、リオネルの両親や臣下の反応、それから正妃の務め。アレットの不安は全て打ち消されてしまった。

そして残ったのは、どうしようもなく嬉しいという気持ち。

春の日差しに触れたときのような温かい気持ちがじわりと広がっていき、アレットの心をうめつくした。

「あの……わ、私でよければ……リオネル様の、正妃にしてください」

アレットは頬を熱くしながら小さく言う。すると、リオネルは蕩けるような笑みを浮かべてアレットを抱きしめた。

「ありがとう、アレット。必ず、必ず幸せにする。アレットも、お腹の子供も……」

アレットは幸せすぎて、また涙を流した。今度はぽろりとこぼれるような可愛いものではなく、しゃくり上げてしまうような激しい涙だった。

身分違いの恋に、側妃たちの存在……。リオネルと愛し合っていても、心の奥底では常に寂しさや不安を感じていた。

それが今、涙となってアレットから解き放たれているようだ。

リオネルはアレットが泣きやむまで、大きな温かい手で背中をさすり続けてくれた。


その晩、魔力供給が終わると、リオネルがアレットの耳元で囁(ささや)いた。

「今日、アレットを食べてもいいだろうか？」

「へっ⁉」

そんなことを言われるとはまったく予想していなかったアレットは、裏返った声を出した。

「もちろん、怖かったり、体調が悪かったりしたら断ってくれていい。無理はしないで」

リオネルの低い声を聞いて、アレットは胸を高鳴らせる。

(最近は体調も安定しているし、大丈夫よね)

突然の誘いではあったが、アレットの気持ちはずっと前から決まっていた。

アレットは緊張に潤(うる)む瞳でリオネルを見上げ、勇気を出してこくりと頷(うなず)いた。

「ありがとう。今度はできる限り優しくするから……」

アレットはリオネルの顔を見ていることができず、彼の胸に顔をうずめた。

リオネルの心臓もいつもより速く脈打っていて、緊張しているのは自分だけではないのだと安心する。

「私のベッドでいいか？」

「は、はい……」

アレットが返事をすると、リオネルは彼女をゆっくりと抱き上げた。

やっと、やっとリオネルと愛し合える。アレットの胸は喜びに打ち震えた。

しかしそれと同時に、また緊張や不安が襲いかかってくる。

自分は上手くやることができるのだろうか。あのときは数日後までひどく痛んだが、今回は……？

リオネルはアレットをベッドに優しく下ろしてから、彼女の不安そうな顔を見つめた。

「やっぱり怖いんじゃないか？　無理しなくてもいい」

「いいえ、怖いのではありません。少し、緊張しているだけです。こういったことには不慣れなので……」

そう言うものの、リオネルの腕を掴む手は震えていて、まるで説得力がない。

でも、本当に怖くはない。これは緊張のせいなのだ。

「それなら、私に身を任せていればいい。でも、やめたくなったらいつでも言ってくれ。……私もどうにか我慢しよう」

リオネルが冗談めかしてつけ加えたので、アレットはくすりと笑ってしまった。

おかげで少し緊張が和(やわ)らいだ気がする。

リオネルはゆっくりとアレットの上に覆(おお)いかぶさり、そっと唇を合わせた。

いつもアレットをドキドキさせるキス。だけど今は、慣れ親しんだ唇の熱がアレットの心を落ち着かせた。

リオネルはアレットが怯(おび)えないように優しく口付けながら、彼女の夜着の裾(すそ)から手を差し込んだ。

お腹にリオネルの手の熱を感じ、アレットは身体を震わせる。

リオネルは愛おしむようにアレットのお腹を撫(な)でてから、手をさらに上へと移動させ、妊娠して一回り大きくなった乳房をやわやわと揉みしだいた。

やがて彼の手はその頂(いただき)を探り、指で軽く刺激し始める。

「んっ……やっ」

あの夜に触れられたときとは、まったく違う。甘い疼(うず)きをアレットは感じていた。

「アレットの肌にずっと触れたかった……」

リオネルはアレットの滑(なめ)らかな肌を愛撫(あいぶ)しながら、その額に、鼻に、頬にとキスの雨を降らせる。

気が付けば夜着は胸の上までめくれ上がり、アレットを守るものは薄い下穿きだけになっていた。

一方のリオネルはまだシャツとズボンをきっちり着込んでいて、アレットは自分だけが脱がされているのをひどく恥ずかしく感じる。

「リオネル様も、脱いでください……」

アレットはリオネルのシャツを引っ張ってねだった。

「っ……あまり俺を煽らないでくれ」

リオネルは短く唸るような声で言うと、乱暴にシャツとズボンを脱ぎ捨てた。

男性らしい肩に、厚い筋肉のついた胸、引き締まったお腹。

リオネルの逞しい身体を目にして、アレットの鼓動はまた速くなった。

リオネルが自分のことを『私』ではなく『俺』と言ったことも、アレットには嬉しかった。自分だけではなく、リオネルも余裕がなくなっている気がして。

リオネルは服を全て脱ぎ終わると、アレットの夜着も完全に脱がせた。そうして露わになった頂を口に含み、舌で転がすように舐める。

「ふっ、ん、あ……」

リオネルに触れられるたびに、アレットの口からはそんな声が漏れてしまう。

「いつものゆったりした服の上からではあまりわからなかったが、少しお腹が膨らんできたな」

「ほんと、ですか？」

「ああ」

リオネルは唇をアレットのお腹に移し、壊れ物に触るようにそっとキスを落とした。

自分ではそうした身体の微妙な変化に気付きにくく、毎日のように『大きくなったかしら？　それとも気のせい？』などと自問自答していた。だからリオネルに指摘されると嬉しく、誇らしい気持ちになった。

リオネルはひとしきりアレットの身体に口付けると、やがて彼女の下穿きに手をかけた。これまでの優しい愛撫で緊張がほぐれてきていたアレットだったが、いよいよかと思い少し身体を硬くする。

「本当にいいのか？　アレット、怖くはない？」

「怖くないです。リオネル様が、好きだから。愛しています……リオネル様」

アレットは熱に浮かされたようにそう告白した。

今朝のリオネルからの求婚を思い出して、気持ちが高まる。

自分の中からリオネルへの愛が次々と溢れ出してくるようだった。

「ありがとう、アレット。俺もだ。俺も、愛している。俺を受け入れてくれて、ありがとう……」

リオネルはアレットの下穿きをするりと脱がせ、生まれたままの姿にした。

「あまり、見ないでください……」

一糸まとわぬ肢体をリオネルにじっと見つめられて、アレットは恥ずかしさに身をよじる。

「アレット、綺麗だ。まるで夢を見ているようだよ……」

「お、大袈裟で……んんっ」

唐突な口付けに、アレットは翻弄される。口内を貪りながら、リオネルがアレットの足の間に手を這わすと、そこはもう触れただけで水音がしそうなほど濡れていた。

「もうとろとろになってる……。感じてくれているの？」

「いや、言わないで……！」

こうして愛し合うのは初めてなのに、もうこんなになっている自分が恥ずかしい。

リオネルはアレットの秘所から溢れる蜜を指に絡ませ、ゆるゆると花芽にこすりつけた。

「あ、ああっ……んっ！」

ひと際高い嬌声が上がり、身体がびくびくと震えた。

アレットが感じているのを見て、リオネルは慎重にその中心を探り、膣口に触れる。

そこをぐるぐると円を描くように刺激され、気持ちいいけれど、もどかしいような感覚に襲われた。

もっと確かな刺激が欲しくて、自然と腰が揺れる。

「……この前は、痛かったよな。あの日の朝、シーツに結構な量の血の痕があったんだ。それを見た途端、目の前が真っ暗になった。本当に、本当にごめん……」

そう言うや否や、リオネルはアレットの秘裂に口を寄せ、傷を舐めるように優しく舌を這わせた。

「やっ！　そんなところ汚いから、やめてくだ……さっ……」

「大丈夫。アレットはどこも綺麗だから、おとなしくしてて」

リオネルは一旦顔を上げて言うと、再びアレットの秘所を丁寧に舐め始めた。やがて舌は膣口から敏感な花芽へと移る。

「あっ、やぁ……んんっ……ぁっ」

アレットは羞恥と快感のあまり、すすり泣くように喘ぎ続けた。

「中、指を入れるよ。痛かったら無理しないで教えて」

リオネルの男性的な太い指が、ぬるぬるになったアレットの中へゆっくりと潜り込んでくる。

異物感はあったが、痛みはなかった。

アレットの様子を見ながら、リオネルはその指を前後に動かしていく。

「大丈夫？」

「はい、痛くないです……」

指を二本に増やされると、膣口が広がり圧迫感が強くなる。リオネルはまたアレットに痛くないかと尋ねたが、アレットは大丈夫と答えた。

リオネルが二本の指をゆっくりと動かすと、圧迫感は次第に快感に変わっていく。蜜が溢れ出してじゅぷじゅぷと水音が立つ。膣壁がリオネルの指をぎゅうぎゅう締め付けていた。

「はぁ、ん、ぁっ……はぁ……」

アレットの息がどんどん荒くなっていくのを見て、リオネルは再び彼女の花芽を舌で愛撫し始める。

「んぁっっ……それは、だめぇ……！」

何度も快感を与えられて、アレットは目の前がチカチカしてくる。そんな変化を敏感に感じ取ったのか、リオネルにじゅっと花芽を吸われた。

「やぁあああっ……！」

ひと際高い声を上げ、アレットは軽く果ててしまった。

「アレット、イッちゃった？」

走ったあとのようにどくどくと高鳴る胸を押さえ、呆然としながらアレットは頷いた。

今のがイクということなのだろうか。すでに十分と言っていいほど潤んでいた秘所から、さらに蜜が溢れ出てくる。

「よかった。中も、だいぶ柔らかくなってきたよ」

そう言いつつも、リオネルはさらに丹念にアレットの入口をほぐす。アレットは焦らされているように感じた。

「あっ、あの、リオネル様、もうっ……大丈夫、です……からっ」

涙目になりながらアレットは懇願した。リオネルが愛しくて愛しくてたまらなかった。

リオネルは一旦上体を起こすと、蜜にまみれた口元を手の甲で拭う。その姿は男の色香に溢れていて、アレットは胸がきゅうっと苦しくなった。

「何かあったら、遠慮なく言って。無理する必要はないから」

「はい、ありがとうございます……」

リオネルはアレットの足を大きく開くと、その中心に熱く高ぶった自身を押し当てた。丁寧にほぐされたそこは、なんの抵抗もなくずぶずぶとリオネルを呑み込んでいく。

「んっ……」

痛みこそないが、慣れない感覚にアレットは眉をひそめた。

「……全部入ったよ。少し苦しそうだけど、平気？」

「大丈夫、です」

リオネルが自分の中にいることが嬉しくて、幸せで、アレットは泣き出したいような気持ちになっていた。

リオネルはアレットの体調を気遣いつつも、ゆっくりと腰を動かし始める。

「あっ、あっ、あっ……」

リオネルが入ってくるたびに、アレットの口からは短い声が漏れた。あの夜、痛みに耐えていたときとは違う、艶の混じった声。

「アレットの中がよすぎて、もうもたない……っ……」

「リオネル様、愛しています……！」

「俺も、愛しているっ……くっ……」

わずかに速くなった抽挿と同時に花芽を愛撫され、アレットは再び高みに昇り詰めた。

そのすぐあとにリオネルのものが引き抜かれ、アレットの太ももに白いものが放たれる。

「ごめん……久しぶりすぎて、早かったな……」

荒い呼吸をしながら、リオネルは少し気まずそうに呟く。

初心なアレットは一瞬、言葉の意味がわからず戸惑った。だがややあってから理解して、そしてどうしようもなく嬉しい気持ちになる。

どうやら自分は思いのほか嫉妬深く、根に持つタイプらしい。

「もっとアレットを気持ちよくしてやりたかったのに、かっこ悪い……」

髪をくしゃくしゃとかきむしりながら、拗ねたように言うリオネル。その様子は少年のようでアレットは可愛いと思ってしまった。

「アレット、何をにやけている？　こんな情けない男は嫌になった……？」

「いえ。大好きです、リオネル様。……久しぶりだったんですものね？」

（……やっぱりリュシエンヌ様の言葉は嘘だったのね）

リークウッドへの視察の際、リオネルはリュシエンヌを抱いてなどいなかった。

あの言葉が嘘でも本当でもいいじゃないかと、自分なりに折り合いをつけていたつもりだけれど、本当にそれが嘘だったと知ると、こんなにも嬉しい。

嬉しくて、くすくすと笑いがこぼれるのを止めることができない。

しかし、リオネルはからかわれていると思ったのか、さらに難しい顔になった。

「……あの夜にアレットとして以来だからな。今日はもうやめておくが、産後は覚悟しておけよ？」

意趣返し（いしゅがえ）しとばかりに、リオネルは意地悪な笑みを浮かべて言う。でも、そんな言葉さえもアレットを幸せな気持ちにするだけだった。

アレットはリオネルに寄り添うようにして、自分より少し高い彼の体温を感じながら眠った。

19

ほどなくしてアレットは、リオネルの正式な婚約者として認められることとなった。

もちろん国王ファブリスと王妃グレースにも改めて対面した。

アレットにとって、国王は厳格で近寄りがたいイメージだったが、実際のファブリスは優しげで温厚そうに見える。相変わらず無邪気にしゃべりまくるグレースを、温かい目で見守っているのが印象的だった。

二人ともアレットをリオネルの婚約者として快く認め、お腹の子のことも気にかけてくれる。

会うまではものすごく緊張していたアレットだったが、グレースとだけでなくファブリスともいい関係を作っていくことができそうだと感じ、安堵した。

「グレース様、ご心配をおかけして、申し訳ございませんでした」

二人の婚約や子供についての話が終わったところで、アレットは口を開いた。

きっとグレースはリオネルと自分の関係について、ずっと案じてくれていたに違いない。

だから、きちんと謝っておきたいと思った。

「いいのよ、こうしてアレットちゃんがリオネルと結婚することを決めてくれたんだもの。私はこうなるって信じていたわ」

「……ありがとうございます」

グレースの言葉で目頭がじんわりと熱くなる。

このように明るくて優しく、美しい人が自分の義母になると思うと、アレットは誇らしく感じられた。

「でも、上手くまとまったからよかったものの、リオネルは少し焦らしすぎよ！　準備が全て整ってから求婚したかったのはわかるわ。けれど、パートナーと曖昧な関係のまま妊娠している女性の不安な気持ちを考えてごらんなさい？」

母に叱責されたリオネルは、ひどく申し訳なさそうに身を縮めた。

「……自分のことばかりでそういったことに思い至らず、申し訳ありません。アレットも、たくさん不安な思いをさせてすまない」

確かに、アレットは自分と子供がこれからどう生きていけばいいのかずっと不安だったし、リオネルに愛されつつもそれが今だけのものだと思うとひどく切なかった。

しかし、リオネルが側妃たちと離縁してまで自分を選んでくれたのがとても嬉しくて、もはや過去のことはどうでもよくなってしまっている。

「大丈夫です。これからたくさん幸せにしてくださるのでしょう？」

「ああ、もちろん」

そんな甘い会話を交わす若い二人を、ファブリスとグレースは微笑ましく見ていた。

リオネルの子を妊娠していることが公になったとき、アレットがまず行ったのは母への報告だった。以前は月に一度は実家へ帰っていたが、妊娠してからは顔を見せることもできず、『忙しいから会えない』という手紙を送るのみだった。

アレットが母に真実を綴った手紙を送ると、彼女はその手紙を届けてくれた使者とともに慌てて王宮にやってきた。

「お母さん！」

アレットは母ロレーヌと顔を合わせるなり、固く抱擁を交わす。

「ああ、アレット……王太子殿下の子を妊娠しているだなんて……。手紙を読んだときはなんの冗談かと思ったわ！」

「ごめんなさい、なかなか知らせることができなくて……」

「あなたが元気ならいいのよ。さあ、お腹を触らせてちょうだい」

ロレーヌはわずかに膨らんできたアレットのお腹を愛おしそうに撫でた。

「あなたがいつまでも男の人に興味を示さないから、心配していたの。私のせいなんじゃないかって……」

ロレーヌは少し目を伏せる。

これまでそんな素振りを見せたことはなかったが、どうやらロレーヌは父親のいない家庭でアレットを育てたことを、やや後ろめたく思っているらしかった。

「いいえ、そんなことないわ。本当に今までそういう出会いがなかっただけなの」

「それならいいのだけど……。でも、そんな子が急に王太子殿下とだなんて……どうやってお知り合いになったの？」

「……夜会の日に声をかけていただいたのよ。それ以上は恥ずかしいから秘密！」

嘘は言っていない。アレットはそれ以上のことは誰にも言う必要がないと思っていた。自分がもういいと思っているのだから、それでいいのだと、胸にしまうことにしたのだ。

それに、恥ずかしいのも本当だ。もし自分たちがまともな出会い方をしていたとしても、アレットはロレーヌに詳しくは話さなかっただろう。

「もう、ケチなんだから……」

アレットが照れる姿を見て、ロレーヌはふふふと笑った。

久しぶりに会った母と娘のおしゃべりが絶えることはなく、リオネルが政務から帰ってくる夕方までそれは続いた。

その日の日中、リオネルはそわそわと落ち着かない気持ちで過ごしていた。

夕方になり、そろそろ仕事も終わるというところで、エルネストが呆れたように口を開く。

「今日はアレットちゃんの母上が来てるんだって？」

「ああ、昼過ぎに着いて、応接室で話をしているらしい。これから私も挨拶に行くつもりだ」

「もしかして、柄にもなく緊張してる？」

「当然するさ……。ただ娶るだけならともかく、もう妊娠させてしまっているんだぞ」

側妃たちとは政略結婚だったたし、その親たちの強い希望もあってのことだったので、このように改まった挨拶はしたことがない。

しかも、アレットはもう妊娠しているのだ。もし自分がアレットの親だったら、リオネルを殴りたくなるだろう。

「まあ、せいぜい気に入られるように頑張ってよ」

「お前、他人事だと思って……！」

「実際、他人事だしね」

仕事を終えたエルネストはニヤニヤしながら、執務室を出ていった。

リオネルはひとつ深呼吸をすると、机の上を簡単に片付けて執務室をあとにする。

普段はどんな場面でも緊張などほとんどしないが、アレットのことになるとそうもいかない。

母娘がいるという応接室に行き、扉をノックする。アレットの返事が聞こえたので、おずおずと扉を開いて中に入った。

アレットとロレーヌはソファーから立ち上がり、リオネルを迎えてくれる。

「初めまして。リオネル・バラデュールと申します。本来であればこちらから出向かなければならないところ、わざわざお越しいただき、ありがとうございました」

「まあ、王太子殿下にご足労（そくろう）いただくなど、とんでもないですわ。私はアレットの母で、ロレーヌ・ベルジュと申します」

アレットの母ロレーヌは、娘と同じ黒目黒髪で、よく似た顔立ちをしていた。アレットが母親似だということがわかって、リオネルは微笑ましい気持ちになる。

二人に着席を促（うなが）し、自分もその向かいに座った。

「早速ですが……結婚を前に大事な娘さんを妊娠させてしまい、申し訳ございませんでした。これから私の一生をかけてアレットさんを幸せにしますので、彼女との結婚をお許しください」

リオネルはロレーヌに向かって深く頭を下げた。

それを見て、ロレーヌが慌てる。

「殿下、顔をお上げください。私は殿下が娘と結婚してくださると知って、とても感謝しております。謝っていただく必要はありませんわ」

リオネルが顔を上げると、ロレーヌは続けた。

「娘には彼女を心から愛してくれる人と一緒になってほしいと思っておりました。このような身分違いの娘と結婚すると決めてくださったのは、それほど愛してくださっているからだと、思ってもいいのですよね？」

「はい、アレットさんを心から愛しています。このように誰かを愛するのは初めてのことで、私自身戸惑っているほどです」

リオネルの言葉で、ロレーヌの隣に座っているアレットが頬を赤く染めた。

ロレーヌもまた、ふっと柔らかい笑みを浮かべる。

「それならよいのです。殿下、娘をよろしくお願いいたします」

そう言って今度はロレーヌが深々と頭を下げた。

三人はしばし他愛もない話をしたあと、ともに夕食を取る。ロレーヌはそのまま王宮に泊まることになった。

無事アレットの母に挨拶(あいさつ)し、結婚を認めてもらえたことに、リオネルは胸を撫(な)で下ろした。

彼女の母親に会ったことで、結婚の話がいよいよ現実味を帯びてきたような気がして、自然と頬を緩ませたのだった。

アレットは母に次いで、父にも結婚と妊娠の報告をすることにした。

父といっても、年に一回会うか会わないかという間柄で、正直なところアレットには自分の親だという感覚は薄い。

けれど、アレットはダンピエール姓を名乗っているし、自分がここまで育ったのは父の援助のおかげだ。

アレットはそれなりの感謝を込めて、父への手紙を綴った。

手紙を受け取った父は大層驚き、使者に誰かのいたずらではないのかと何度も確認したそうだ。

そして後日、たくさんのお祝いの品とともに、アレットの体調を気遣う手紙が王宮に届けられた。

あまりにも手厚い祝福に、父はこんな人だったかしらとアレットは首をかしげてしまう。

母に聞いたところ、父は数年前に正妻と息子を馬車の事故で亡くしてしまったらしい。それからずっと気を落としていたところにアレットの慶事を聞いたので、それはそれは喜んでいるとのことだった。

それからアレットは、何も言わずに辞めてしまった職場のメイド長と、エミリーをはじめとした親しい友人たちにも手紙を書き、後日王宮の客室で再会を果たした。

「もう！　心配したんだから!!」

エミリーは会うなりアレットに抱きつき、涙を流しながら文句を言った。

彼女がそう言うのも無理はない。体調が悪くて仕事を休み、倒れたと思ったら、そのまま音信不通になったのだ。

メイド長は王宮の上層部からアレットの休職届を受け取ったらしく、さすがに薄々事情を察していたようだが、他の同僚たちにはさぞ心配をかけたことだろう。

「ごめんね。もっと早く連絡できたらよかったんだけど……」

「しょうがないわ。リオネル殿下の子供だもの。悪いと思っているなら、元気な赤ちゃんを産んでちょうだい！」

「うん、頑張るわ」

エミリーと話すのも本当に久しぶりだ。

アレットがこのような立場になってしまっても、変わらない態度でいてくれるのが嬉しかった。

こうして、妊娠してからずっと心にひっかかっていた、両親や職場、友人への報告がすんだ。アレットはようやく胸のつかえが全てとれた気がしたのだった。

20

「あ、今動きました!!」

「本当か!? 触らせてくれ」

リオネルの寝室にある大きなベッドの上で横になっていると、お腹の子がぽこんと跳ねたように感じた。噂には聞いていたものの、初めて胎動というものを感じて、アレットはなんとも言えない喜びを噛みしめる。

すぐにリオネルがアレットのお腹に手を当てるが、子供はなかなか動いてくれない。

リオネルは焦れたのかお腹に口を付けると、胎児に向かって声をかけ始めた。

「ほら、父様だぞ。動いてみてくれ」

リオネルがお腹に口を付けたまましゃべるものだから、アレットはくすぐったくて笑った。

「なかなか動きませんね」

「ああ……また動いたら教えてくれ」

だが、しばらく待ってみても結局子供は動かず、リオネルが諦めて手を離す。すると、そのすぐあとにまたぽこんぽこんと胎動を感じた。

「また動きましたよ！」

「何⁉　俺が離れた途端に……！」

そのあとも何度か同じようなやり取りをした末に、「ったく、わざとやってるんじゃないのか？」とリオネルは少し拗ねたように言った。

その姿がなんだか可愛くて、アレットはまたくすくすと笑ってしまうのだった。

そうして妊娠六か月が過ぎたある日。二人の結婚式の日取りが決まった。今からふた月後に執り行われるとのことだ。

王族の結婚としては婚約から結婚式まで異例の早さだったが、アレットがすでに妊娠しているため、産前の落ち着いている時期にやってしまおうということになったのだ。

アレットはその準備に追われ、ここ最近忙しい日々を過ごしていた。

グレースから多少は手ほどきを受けていたとはいえ、アレットは宮廷マナーや貴族社会のことに明るくない。リオネルは無理しなくていいと言ってくれたが、彼の隣に立つ者として、できる限りのことはやりたいと思っていた。

昼間は体調の許す限りリオネルの手配してくれた講師から学び、夜はそれを復習した。新たな知識を得ることは楽しかったし、地味な暗記の作業も嫌いではない。

ただ、妊婦だからダンスはやらなくてよいと言われたのは助かった。アレットにはリズム感がないので、血の滲むような特訓が必要だったかもしれない。

そうして忙しくしていたある日、アレットはリオネルのすすめにより、ユリウスとその妻セレナとお茶会をすることになった。

なんでも、セレナはもう妊娠九か月で、間もなく臨月に入るらしい。せっかく妊婦同士なのだから、セレナが子供を産む前に一度顔を合わせておいたらどうかと言われたのだ。

その日は天気がよかったので、ティーセットが庭園に準備された。

アレットとリオネルがそこへ行くと、すでにユリウスとセレナが座っており、二人の姿を見て立ち上がった。セレナのお腹は遠目にもとても大きいことがわかる。

「ユリウス、セレナ、今日はありがとう。座ってくれ」

リオネルは二人に着席を促す。そして椅子を引いてアレットを座らせ、自身もその隣に腰を下ろした。

「久しぶりだな、セレナ。お腹の子はどうだ？」

「お久しぶりです、リオネル殿下。子供は順調に育っているようです」

セレナは濃い金髪に藍色の瞳を持った長身の美女で、意志の強そうなキリッとした顔立ちをしている。

ユリウスがどこか飄々としているので、こういうしっかりしていそうな人が合うのかもしれないと、アレットはなんとなく思った。

リオネルがアレットとセレナをそれぞれに紹介してくれる。

「初めまして、セレナ様。お腹の子は三か月違いだと伺いました。どうぞ仲良くしてくださいませ」

アレットがそう言って微笑むと、セレナは満面の笑みを浮かべて答えた。

「初めまして。ユリウス様から伺っていた通りの可愛らしい方だわ。こちらこそよろしくお願いいたします」

セレナにそう言われて、アレットは少し気恥ずかしくなる。それを誤魔化(ごまか)すようにユリウスにも声をかけた。

「ユリウス様も、先日はありがとうございました。いただいた魔力供給の薬はお守り代わりに持ち歩いています」

「いえ、お役に立てたならばよかったです」

暖かい日だというのにユリウスは相変わらずローブを着込んでいる。

挨拶(あいさつ)がすんだところで、侍女がティーカップにお茶を注(つ)いでくれる。アレットもセレナも妊婦だからか、中身は紅茶ではなくハーブティーだった。

「それにしてもすごく大きいお腹！　私のもこんなに大きくなるのかしら？　信じられないわ！」

セレナの大きく張り出したお腹を見て、アレットは感嘆の声を上げた。

アレットのお腹も日に日に大きくなってきている気はするが、ドレスを着てしまえばまだまだ目立たないほどだ。あと三か月でここまで大きくなってしまうなんて、にわかには信じがたい。

「産まれるまでに、もっと大きくなるそうですよ。先が思いやられますわ。今だって寝づらいし、腰も痛いのに……！」

「まあ、そうなのですね。私も覚悟しておかなくちゃ！」

アレットとセレナは妊婦ならではの話題で盛り上がり、リオネルとユリウスはそれを微笑ましく見ていた。

セレナは王族であるユリウスの妻なので、アレットと同じような立場であり、しかも妊婦だ。アレットは妊娠中の悩みなどを日頃ユニスに聞いてもらっているが、今妊娠している女性と話すことには別の楽しさがあった。共感できることがたくさんあるし、細かな発見もあったりするのだ。

「アレット様とは仲良くなれそうだわ。これからもこうしてお茶にお誘いしてもよろしいかしら？」

「ええ、もちろんです」

「同じ時期に妊娠している友人は貴重ですからね。それがアレット様のような話しやすい方で嬉しいわ」

「私もです！」

セレナは見た目通りさっぱりとした性格で、アレットは少し話しただけですぐに彼女のことが大好きになった。

共通の話題もあるせいか、初めて会ったとは思えないほど話が盛り上がったのだ。

アレットとセレナはすっかり意気投合し、また会うことを約束してお茶会はお開きとなった。

「とても楽しかったです。リオネル様、セレナ様をご紹介いただきありがとうございました」

「ああ、気が合ったようでよかったよ。妊婦同士で交流できる機会は少ないから、今後も会って情報交換するといい」

「ええ、そのつもりです！」

リオネルのもとで暮らし始めてから初めて友人と呼べる存在ができて、アレットはとても嬉しかった。

それ以来、アレットは結婚式の準備や勉強の合間にセレナとのおしゃべりを楽しみ、結婚式までの日々は穏やかに流れていった。

あのお茶会の日でさえ大きすぎると思ったセレナのお腹は日に日に大きくなっていく。その様子を、アレットははらはらしながら見守っていた。

そうして、アレットがセレナと初めて会った日からおよそひと月後、彼女は無事男児を出産した。

出産の報告を聞いたときは、安堵と感動のあまり涙が出てしまった。

産後数日が経ち、セレナの体調が少し落ち着いたところで、リオネルとアレットは赤子に会いに行くことになった。

「リオネル兄さん、アレットさん、いらっしゃいませ」

ユリウスたち家族が住まう離宮に行くと、門のところでユリウスが出迎えてくれる。

「ユリウス、改めておめでとう。母子ともに元気だと聞いているが、調子はどうだ？」

「ええ、やはり産後はさすがのセレナも弱っていましたが、今はだいぶ回復してきましたよ。赤子も元気です」

「それはよかったわ。ユリウス様、本当におめでとうございます！」

「ありがとうございます。アレット様もだいぶお腹が大きくなってきましたね」

アレットは妊娠七か月を迎えていた。近頃は誰が見ても妊婦だとわかるくらいにお腹がせり出している。寝るときも横向きにならないと苦しいほどだ。

ユリウスがセレナと赤子のいる部屋に案内してくれる。部屋の前に来たところで赤子の泣き声が聞こえてきた。

「早速元気な泣き声を聞かせてくれたな」

リオネルが嬉しそうに言う。

アレットはその可愛い声を聞いただけで、まだ会ってもいないのに感動の涙を滲ませた。

こんなところで泣いていては恥ずかしいと、こっそり涙を拭う。けれどリオネルには気付かれていたようだ。

リオネルはアレットに優しく微笑みかけ、腰に手を回して少し引き寄せてくれる。

部屋の中に入るとセレナはベッドに横になっており、泣いている赤子は乳母の腕に抱かれていた。リオネルとアレットを見てセレナは起き上がろうとしたが、リオネルがそれを制する。

「無理しなくていい。そのまま寝ていてくれ」

「申し訳ありません、殿下、アレット様」

「とんでもないです。セレナ様、本当にお疲れさまでした。立派な赤ちゃんですね」

アレットたちがセレナと話をしている間におむつを替えられた赤子は、またベッドに寝かされ、うとうとと眠ろうとしていた。

顔はふくふくとしており、掛布の下からちょこんと出ている手の先には小さい爪がある。この子がつい最近までセレナのお腹の中にいたと思うと、不思議でならなかった。

アレットはそんなことを考えながら、また瞳をうるうるとさせてしまった。どうも妊娠してから涙腺が緩んでいるようで、ちょっとしたことですぐに涙が出てしまう。

「可愛いですね、リオネル様……」

「ああ、可愛い。嘘みたいに小さいな……」

赤子を見るリオネルの眼差しは優しく、アレットと同じように感動しているのがわかった。おそらくアレットのお腹にいる自分の子と重ねて見ているのだろう。

リオネルの言うように、赤子は思っていた以上に小さい。

アレットは今まで産まれたばかりの子など見たことがなかったから、昔近所の若夫婦が連れていた赤子くらいの大きさを勝手に想像していた。

だが今思えば、あの子は産まれて数か月は経っていたのだろう。

「次はアレット様の番ですね。ご武運をお祈りします！」

セレナはそう言って両の拳をぐっと握った。

「ありがとうございます。私もセレナ様に負けぬよう頑張ります」

アレットも拳を握り、明るい笑みを見せる。

セレナとはもっとたくさん話したいことがあったし、赤子のことも見ていたかったが、産後の身体に負担をかけてはいけない。リオネルとアレットは早々に引き上げることにした。

ユリウスはまた離宮の門まで送ってくれるつもりなのだろう。一緒に部屋を出て、アレットたちを先導してくれる。

「ユリウス、また来るよ」

「はい、是非。……そうそう。セレナは出産のとき、剣で刺されたほうがまだましなんじゃないかってくらい苦しんでいました。アレットさんはもちろんですが、リオネル兄さんも覚悟しておいたほうがいいですよ」

ユリウスの言葉を聞き、アレットは絶句してしまった。

(ものすごく痛いとは聞いているけど、そこまでなの……!?)

「あ、ああ、わかった……。が、あんまりアレットを脅(おど)してくれるなよ、ユリウス」

「それくらいの気持ちでいたほうがいいということです。他の者はアレットさんに気を遣って控えめに伝えているかもしれないでしょう」

しばし固まっていたアレットだったが、確かに最悪のことを想定していたほうが実際に出産するときには気が楽かもしれないと思い直した。

「ユリウス様、ご忠告ありがとうございます。気を引き締めておきます」

「ええ、頑張ってください」

にっこりと笑みを浮かべたユリウスに見送られ、リオネルとアレットは離宮をあとにした。

「アレット、大丈夫か？　ユリウスは悪い奴ではないんだが、はっきりとものを言いすぎる性格で……」

リオネルはアレットがショックを受けていないだろうかと顔色を窺った。

「大丈夫です。最初にお会いした時はびっくりしましたけど、さっきのはユリウス様なりの気遣いだったのかもしれません。出産のときに痛すぎてショックを受けるより、今から覚悟をしていたほうが気が楽です！」

アレットは意気込んで答えた。

その様子を見て、リオネルはふっと表情を緩める。

「アレットは本当に強いな。いつも驚かされるよ」

「そうでしょうか……？　きっと楽観的なだけですよ」

アレットはふふふと笑って、大きく目立ってきたお腹をさすった。

（私の中にも、あんなに可愛い赤ちゃんがいるのよね？　あなたのためだったら、母様はいくらでも頑張るわ……！）

21

アレットはベッドの上でもぞもぞと寝返りを打った。

明日はいよいよ結婚式だ。緊張と興奮でなかなか眠れない。

あまり動いては隣で寝ているリオネルを起こしてしまうのではないかと思う。けれどずっと同じ向きで寝ているとなんだか苦しくて、つい動いてしまうのだった。

「……眠れないのか？」

リオネルのほうを見ると、彼は心配そうな顔をこちらに向けていた。

「すみません、起こしてしまいましたか？　緊張しているせいか、なかなか眠れなくて……」

「いや、俺も同じだ。いよいよ明日、アレットが俺の妻になるのかと思うと、興奮して眠れない」

リオネルは口角を上げてふっと笑った。

そんなふうに言ってもらえて、アレットは嬉しく思う。

「でも俺はともかく、アレットはきちんと眠ったほうがいい。じゃないと、体力がもたないからな」

そう言ってリオネルは、アレットのおでこのあたりを優しく撫でた。

するとアレットは急に眠気を感じて、とろとろと眠りに落ちていく。

きっとリオネルが眠らせる魔法をかけてくれたのだろう。

最近は眠りが浅く、夜中に目覚めてしまうことも多かったのだが、その日は夢も見ないほど、ぐっすり眠った。


そして結婚式当日。

「いよいよですわね、アレット様」

「ええ、緊張するわ……」

アレットはユニスをはじめとした侍女たちの手によって髪を結われ、念入りに化粧を施された。鏡を見せられると、自分でもびっくりするほどの綺麗な仕上がりに、ほうっと息を吐く。

それから、この日のために用意された真っ白な婚礼衣装に身を包んだ。

お腹の大きいアレットの負担にならないよう、衣装係が工夫を凝らしてデザインしたもので、一般的なドレスのように窮屈ではない。

さらに重さを軽減する魔法が編み込まれた特別な布地が使われていた。

通常この魔法は鎧などに用いられるものらしいが、ユリウスをはじめとした魔導学術院の面々がアレットのために布地に施してくれたのだ。おかげで豪華で長いトレーンを引きずっているのも忘れてしまう。

最近ますますお腹が大きくなり、立って歩くだけでも体力を削られてしまうアレットは、ユリウスたちの気遣いをとてもありがたく感じた。

式は王都にある大聖堂で行われ、そのあと王宮で結婚披露パーティーが催される。

日程が決まったのがほんの二か月前であることと、また身重のアレットの負担にならないように配慮されたこともあり、通常の王族の結婚式よりは招待客は少なく、規模も小さい。

けれど、それでも庶民のものと比べれば多くの人が参列するし、かかっている費用も桁違いだ。

（失敗してしまったらどうしよう……。でも、この日のためにたくさん準備をしてきたのだから、きっと大丈夫……！）

アレットは緊張に高鳴る胸を押さえながら、気合いを入れ直す。

準備が終わると、別室で着替えていたらしいリオネルがやってきた。

「アレット、すごく似合ってる。まるで女神のようだな」

リオネルはアレットの晴れ姿を褒めちぎり、大きなお腹を圧迫しないように慎重に抱きしめた。

「まるで自分ではないみたいです。お化粧の力ってすごいですね」

アレットは照れてはにかみながら、そっとリオネルの背中に手を回した。

リオネルの正装は式典などで遠目に見たことはあったが、こんなに間近で見るのは初めてだ。

憧れていた王太子様が、今目の前にいる。自分を抱きしめてくれている。

夢を見ているようで、今さらながら信じられない気持ちだった。

アレットがぽーっと見つめていると、リオネルが優しい笑みを浮かべる。

「アレットはいつも可愛いよ。でも、今日はどちらかというと綺麗だな」

「もう、お上手なんですから……」

若き王太子夫婦の仲睦まじい様子に、侍女たちも頬を赤らめる。

二人は式典用の馬車で大聖堂に向かい、いよいよ結婚式が始まった。

式の最中はアレットの両親や、グレースまでもが目元を拭っており、アレットも涙をこぼさないようにするのが大変だった。

直前まで失敗してしまったらどうしようと思っていたアレットだったが、リオネルや臣下たちのサポートもあり、式は何事もなく終わった。

大聖堂から王宮へ戻る馬車の中で、アレットはこの半年間を振り返って、物思いにふけっていた。

今日から自分がリオネルの正妃なのだと思うと、不思議な気持ちになる。

ただのメイドだったアレットの生活は一変し、とうとう王太子と結婚までしてしまった。昔の自分に言っても、きっと信じないだろう。

「アレット、疲れたか？」

隣に座るリオネルの声で、アレットはふと我に返る。

「いえ、少し考え事をしていました。私がこの国の王太子妃になったなんて、まだ信じられなくて」

「……後悔してる？」

「とんでもない。リオネル様の隣は誰にも渡しませんよ」

アレットがにっこり微笑むと、リオネルは「よかった」と言って彼女に口付けた。

そのあと王宮で行(おこな)われたパーティーは、貴族や諸外国の大使へのお披露目(ひろめ)の場となる。

アレットは今日までの特訓の成果を遺憾なく発揮した。

実際に挨拶した人の数はそれほど多くないし、ほとんど椅子に座ったままだったから体力的にきついというわけでもなかったのだが、気を張っていたためかひどく疲れたように感じる。

それに、ずっと笑顔でいたせいで、パーティーが終わる頃には頬の筋肉が痛くなってしまった。

「お疲れさまでした。身重のお身体で、随分頑張られましたね」

部屋に戻ると、ユニスがそう言って迎えてくれる。

「そうかしら。上手くやれていたならいいのだけど……」

「式を見ておりましたが、ご立派でしたよ」

緊張が解けたからだろうか。部屋に戻ってくるとさらに疲労を感じた。

ドレスを脱いで入浴したあと、ユニスに髪をすいてもらっていると、うつらうつらと眠ってしまいそうになる。

「今日は早くお休みになってくださいね」

ユニスがそう言って退室したあと、アレットはリオネルの寝室へ向かう。

軽くノックをしてからドアを開けると、飾りたてられた大きなベッドが目に飛び込んできた。いつも以上に美しく整えられ、シーツの上には花が散らされている。

そこでアレットは、今日は一応初夜なのだと気付いた。

「アレット、疲れただろう？　早く寝よう」

文机で何か書き物をしていたリオネルは、アレットを見るとすぐにその作業を中断し、ベッドに誘った。

しかしアレットは初夜に向けての心の準備をしていなかったため、緊張のあまりその場で固まってしまう。

「アレット？　……ああ、このベッドか。心配しないで。今日は何もしないよ」

リオネルは苦笑しながらアレットの手を引いてゆっくりと導き、ベッドに二人で腰を下ろした。

「で、でも今日は……」

「初夜だから？」

リオネルに改めてそのことを言われ、アレットは頬が熱くなるのを感じた。

なんだか自分が期待してしまっているようで、恥ずかしい。

「でも、今日は想像以上に疲れただろう？　それに、お腹ももうこんなに大きくなっている。もちろん俺はアレットを抱きたいけど、負担になるようではまずい。もう結婚したんだし、時間はいくらでもある。だから、初夜は産後にとっておこう」

「リオネル様……」

アレットはリオネルの優しい言葉に、思わず涙ぐんだ。

もちろんアレットだってリオネルと愛し合いたい。けれど、今日はとても疲れているし、大きなお腹が気になってしまうのも正直なところだ。

「ああ、でも何もしないというのは嘘かな……」

どういう意味なのか聞こうとしたら、リオネルはアレットの頤(おとがい)に手を添え、彼女の唇に自身のそれを重ねた。

唇を食(は)まれ、ぺろりと舐(な)められたのを合図に、アレットは口を薄く開いてリオネルの舌を迎え入れる。

リオネルは舌をアレットの舌に絡(から)ませ、すり合わせるように動かした。

魔力が流れ込んでくる温かさに、アレットは身体を弛緩(しかん)させる。

「愛してる、アレット。改めて、これからよろしく」

くったりとしたアレットを支えつつ、鼻と鼻が触れそうな距離でリオネルが囁(ささや)く。

「私も、リオネル様を愛しております。こちらこそよろしくお願いします……」

アレットはキスで上気した頬を緩(ゆる)ませた。

好きな人と愛し合い、結婚し、一生ともに生きていく。

楽しいことだけではなく、たくさんの苦難もあるだろう。しかしリオネルと一緒ならば、どんなことも乗り越えていけると思った。

出産だって本当はすごく怖いし、不安も大きい。けれど、リオネルがそばにいてくれるから、アレットは強くなれるのだ。

22

結婚式からひと月ほど経った日の夜中、アレットはお腹が痛くて目を覚ました。

下腹部を締め付けられるような激しい痛みに、脂汗（あぶらあせ）が浮かぶ。ここ最近増えてきた軽い腹痛とは明らかに違う、異常な痛みだった。

（魔力が切れたの？　でも、そんなはずは……）

魔力ならいつも通り、寝る前にリオネルからもらったばかりだ。突然こんな短時間で切れるとは考えにくい。

アレットが腹痛と闘（たたか）いながら原因について考えていると、ぴたりと痛みがおさまった。

身体から力を抜いて、大きく息を吐く。

今のはなんだったのか。アレットの頭をよぎったのは、陣痛という言葉だった。

しかし、予定日まではあとひと月以上ある。いくらなんでも早すぎるような気がした。

痛みが引いたのでもう一度寝ようと目を閉じたが、陣痛かもしれないと思ってしまったせいで、心臓がどくどくと騒ぎ出し、なかなか寝付くことができない。

そうこうしているうちに、またお腹が痛くなってきて、アレットは身体を丸めて耐えた。

やはりこれは陣痛かもしれない。そうでなくても、ドミニクに診てもらったほうがいいだろう。

夜中なので申し訳ないとは思いつつも、アレットは隣で寝ているリオネルを揺すった。

「リオネル様、起きていただけますか？」

さすがというべきか、リオネルはぱっと目を覚ました。

「どうした？」

「あの、少し前からお腹が痛いのです。もしかしたら、陣痛かもしれないと思って……」

「陣痛!?　……すぐにドミニクを呼ぼう。アレットはここで待っていて」

リオネルはベッドから起き上がると、慌てて寝室を飛び出していった。

おそらく部屋の前にいる近衛兵に指示を出したのだろう。彼自身はすぐに戻ってくる。

「ドミニクを呼びに行かせた。アレット、大丈夫か？」

「ありがとうございます。今は大丈夫なのですが、さっきから何度か強い痛みがあって……」

「そうか、辛かったな……」

リオネルが労るように頭を撫でてくれる。アレットはその大きな手を心強く感じた。

真夜中にもかかわらず、間もなくドミニクが現れた。

まずアレットに話を聞くと、ベッドに寝かせ、あれこれと診察する。その間にもアレットはまたお腹が痛くなり、苦痛に顔を歪めた。

「まだ予定日まではだいぶありますが、おそらく陣痛でしょう。しかしまだ間隔が長いので、しばらくは普通に過ごしていて大丈夫です。もう少し間隔が短くなってきたらお産の準備をしましょう」

「わ、わかりました……」

ドミニクにそう告げられて、落ち着いていたアレットの鼓動がまた速くなる。

しかし、いよいよなのだと思うと意外に冷静になれる自分もいて、不思議と気持ちは凪いでいた。

むしろリオネルのほうが焦っているようで、「普通に過ごせと言われても……」と呟きながら絶望的な顔をしている。

「殿下、これから長丁場になります。アレット様を支えてくださいませ」

ドミニクに励まされ、はっとしたリオネルは力強く頷いた。

そんな彼を見て微笑むと、ドミニクは定期的に様子を見に来ると言って一度退室した。

「普通に過ごせとは、ドミニクに無理難題を押し付けられたな」

「ええ、本当に」

二人は目を見合わせて苦笑した。

痛みと痛みの間隔はまだ長いけれど、もちろん寝ることはできないし、何かしようにも集中することはできないだろう。

黙っているとどんどん不安な気持ちになってきて、アレットはそれを振り払うように明るい声を出した。

「あの、リオネル様が小さい頃の話を聞かせていただけませんか?」

「いいよ。俺もアレットのことを聞きたいから、順番に話そう」

そうして、二人はベッドに横になりながら、お互いの子供の頃の話をぽつりぽつりと話した。

リオネルは「そんなに面白いエピソードはないけれど」と前置きしていたけれど、アレットにとっては王族の幼少時代など想像もつかず、全てが興味深い。

それはリオネルにとっても同じだったようで、アレットの平凡な子供時代の思い出を面白そうに聞いていた。

その合間合間に陣痛がやってきて、リオネルはそのたびにアレットの腰をさすったり、手を握りしめたりして励ましてくれる。

そして窓の外が白み始めてきた頃、ドミニクが助手を数名連れて現れた。その中には、以前アレットが倒れたときに看病してくれたブリジットの姿もあった。

「そろそろ準備をいたしましょう」

ドミニクの言葉とともに、助手たちがお産に必要なものを運び込んでくる。

その頃には陣痛の間隔がだいぶ短くなっていて、アレットもおしゃべりどころではなくなっていた。

言われるがまま夜着から手渡されたワンピースに着替え、いつもの大きなベッドから助手たちが用意した寝台に移る。

「万一に備えて、殿下は隣の部屋で待機していてください」

「ああ、わかった。……アレット、隣の部屋で応援している。頑張ってくれ」

ドミニクに返事をすると、リオネルはアレットの手をぎゅっと握りしめた。

「はい、楽しみにしていてくださいませ」

アレットは疲れが滲む顔に笑みを浮かべて、リオネルを見送った。

陣痛はどんどん間隔が短く、激しくなっていく。辛くて、辛くてたまらない……。できるのであれば、逃げ出してしまいたい。

けれど、これを乗り越えた先に新たな命との出会いが待っているのだ。

アレットはその思いを糧に、出産という大仕事に臨んだ。


窓から陽光がきらきらと差し込み始めた頃、部屋におぎゃあ、おぎゃあと赤子の声が響き渡った。

その産声を聞いて、アレットは声を上げて泣いた。

「元気な男の子です！　アレット様、よく頑張られましたね!!」

出産中、懸命に支え続けてくれたブリジットが、アレットの手を握りしめる。アレットの冷え切った手に、温もりがじんわりと伝わってきた。

笑顔で『嬉しい』と言いたいけれど、今のアレットはそうすることもできなくて、くしゃくしゃになった顔でこくこくと頷く。

新たな生命が誕生した感動、長く続いた苦しみがやっと終わったという安堵。色々なものがないまぜになって、アレットは涙を流し続けた。

アレットの涙が落ち着いた頃、産湯に入れられておくるみで包まれた赤子が腕の中にやってくる。

初めてこの手に抱く我が子は、温かくて、そしてとても小さかった。

予定日よりひと月も前に産まれたからだろう。あんなに小さいと思っていたユリウスとセレナの子供よりも、さらに一回り小さかった。

（こんなに小さくても、頑張って出てきてくれたのね）

そう思うと、アレットはまた目頭が熱くなった。

うっすらと生えた髪の毛はリオネルと同じ薄茶色。目をつむっていてもどことなくリオネルに似ている気がして、言葉では言い表せない感動を覚える。

産後の処置が終わり、ブリジットが隣室のリオネルを呼びに行く。すると、彼はすごい勢いで寝室に飛び込んできた。

「アレット、大丈夫か!?」

リオネルはアレットが寝ている寝台に駆け寄り、その腕に抱かれている赤子を見て息を呑む。

「これが……俺たちの……？」

「はい、男の子だそう……です」

アレットはリオネルの顔を見て安心したのか、またはらはらと涙をこぼし始める。

そんなアレットを見て、リオネルもエメラルドグリーンの瞳を潤ませた。

「アレット、本当にありがとう。頑張ってくれて、ありがとう……」

「無事に産まれて、本当に、ほん……とによかっ……た……」

悪いことはあまり考えないようにしていたものの、ひと月も前に陣痛がきてしまって、無事に赤子が産まれてきてくれるか心配で心配でたまらなかった。

リオネルは子供のように泣き出してしまったアレットの頭を撫で、赤子を抱いていないほうの手を握ってくれる。

さっきも泣いたというのに、涙腺が壊れてしまったかのようになかなか涙が止まらない。すると、そんなアレットの気持ちを感じ取ったのか、赤子も泣き始めた。

赤い顔をさらに赤くして力いっぱい泣いている。そんな姿までもが可愛くて、アレットの涙はぴたりと止まった。そして代わりに笑顔がこぼれる。

「小さいけど、頼もしいほどに元気だな。アレットが頑張ってくれたおかげだよ」

「ええ、安心しました」

おぎゃあ、おぎゃあと泣き続ける赤子を見て、二人を見守っていたブリジットが近付いてくる。

「殿下も抱いてごらんになりますか？」

リオネルが頷くと、ブリジットはアレットの腕の中で泣いていた赤子を抱き上げ、慎重にリオネルに手渡す。

「頭がぐらぐらしているので、こうして首を支えて抱いてくださいませ」

「あ、ああ。わかった」

赤子のあまりの小ささ、その身体の頼りなさに、リオネルは少し怖気付いている。

そんなリオネルの姿が可愛くて、アレットはその様子を微笑ましく見守ったのだった。


子供はマティアスと名付けられた。

マティアスは小さいながらも健康上の問題はなく、アレットはほっとして産後の傷と疲れをゆっくりと癒やした。

産後三日ほど経ち、アレットの体調が少し落ち着いてきた頃。

それまではお腹も身体も痛くてそれどころではなかったが、アレットははたとあることに気が付いた。

（この三日間、リオネル様とキスをしていない……！）

いや、正確に言えばキスはしている。でも、おでこや唇にちゅっと軽く口付けるようなもので、妊娠がわかってから毎日していた、あの濃密なキスではない。

産後でアレットが弱っている今、リオネルがとても気遣ってくれていることはわかるし、愛情も今まで以上に感じる。けれど、吐息を触れ合わせて唾液を交換し合う、あの濃厚なキスがないと寂しく感じてしまうのだ。

（でも、あのキスはもう……）

あれは魔力供給のためにやっていたものだ。すでにマティアスを産み落とした今、その大義名分は失われている。

（理由もないのに、あのようなキスをねだったらおかしいかしら……？）

アレットは悶々と悩むことになった。

そしてその日の夜。

乳母にマティアスを預け、寝る準備を整えて先に横になっていると、しばらくしてリオネルもベッドに潜り込んでくる。

夜の間、マティアスは乳母と一緒に別室で休むことになっているのだ。

平民育ちのアレットはなんだか申し訳ないような、落ち着かないような気がするが、富豪や貴族の間では当たり前のことらしかった。

正直なところ産後の疲れた身体にはありがたかったので、アレットも素直に甘えている。

「アレット、夕食のときに思ったんだが、もしかしてどこか調子が悪いのか？」

顔には出さないように気を付けていたつもりだが、そわそわしてしまっていたのだろう。もしかしたら、リオネルの唇をぼーっと見つめていたのにも気付かれたかもしれない。

「と、特に変わりはありません！」

アレットは慌てて否定する。理由もなしにあのキスをねだったらはしたないような気がして、安易に口に出すことができなかった。

「本当に？　じゃあ、それ以外で何かあったとか？　夫婦に隠し事はなしだ。教えて、アレット」

アレットが何かしら隠していることはリオネルにとってすでに確定事項らしく、ぐいぐいと迫ってくる。

力強いエメラルドグリーンの瞳で見つめられて、アレットはなんだかやましい心を暴かれているような気分になり、すぐに降参してしまった。

「……寂しいのです」

アレットがぽつりとこぼすと、リオネルは途端に申し訳なさそうに眉尻を下げた。

「すまない……。産後の心細い時期だというのに、毎日帰りが遅くて。明日からはもっと……」

「ち、違うのです！　リオネル様がお忙しい身だというのはわかっております。そうではなくて……」

アレットは恥ずかしさを紛(まぎ)らわすために鼻の辺りまで布団をかぶった。

「毎日していたキスがないと、寂しくて……」

それはリオネルにとってまったく予想していない答えだったらしく、彼は驚きに固まっていた。

「もし嫌でなければ、キスしてほしい……です」

「嫌なわけないだろ！　俺もしたかったよ。でも、アレットの身体がまだ辛そうだから、遠慮していた」

そう言うや否(いな)や、リオネルは少し身体を起こした。アレットに覆(おお)いかぶさると、そのまま唇を重ねる。

たった三日していなかっただけなのに、アレットの心臓は跳ね上がり、胸がきゅうっと苦しくなる。

早くリオネルを感じたくて、アレットは自(みずか)ら彼の唇を食(は)んだ。上唇、下唇と味わうと、口を薄く開いて舌を出し、リオネルの唇をぺろりと舐める。

すると、それまでアレットに好きにさせていたリオネルも、自らの舌をアレットのそれに絡めた。舌をねぶられ、上顎をくすぐられて、歯列をなぞられる。

まるで三日分のキスをしてくれているかのように、それは長い時間続いた。

「ごめん、無理させた？」

瞳を潤ませ、息を荒くするアレットを見て、リオネルは少し申し訳なさそうに言った。

「大丈夫です。とても……嬉しかったです」

アレットはにこりと笑い、リオネルを安心させる。

さっきまで悶々としていたのが嘘のように気持ちが晴れやかになり、自分は単純な女なのだとアレットは思った。

「俺もアレットとのキスがないと物足りないよ。これからも毎日していい？」

「はい、もちろんです！」

アレットはリオネルの背中に腕を回して抱きしめた。

初めはやむにやまれぬ事情ですることになったキスだが、毎日リオネルと唇を合わせることで二人の仲は急速に進展し、絆も深くなった。今ではアレットは自分に魔力がなかったことに少しだけ感謝しているのだ。

色々と順番が間違ってしまった二人の関係だが、ここがまた新たなスタートになる。出会って一年も経っていない二人にはまだまだお互い知らないことがあるし、これからケンカをするかもしれない。落ち込むことも、悩むこともあるだろう。けれど、そんなときもこのキスをすれば、すぐに元気になれる気がした。もう魔力はこもっていないけれど、アレットにとってリオネルとのキスは力をもらえる魔法のキスなのだ。

「私、リオネル様と結婚できて、リオネル様の子供を産むことができて、とても幸せです」

「俺も幸せだ。自分がこんなに人を愛することができるなんて知らなかったし、子供も諦めていた。全てアレットのおかげだよ。本当にありがとう」

二人でベッドに横になりながら、幸せを噛みしめる。

そこでふとアレットは、ずっと気になっていたことを聞いてみようと思った。

「実は私、メイドのときからリオネル様に憧れていたんです。最初の夜は怖いお方なのかと思ってショックを受けましたが、噂通りの誠実なお方だとわかって、すぐに惹かれていってしまいました。でもリオネル様は、こんなに平凡な私のどこを好きになってくださったのですか？」

男性的な魅力に溢れ、誰からも好かれているリオネル。そんな彼が、どうして自分のような普通の女を好きになったのだろうか。子供ができたから情が移ったのだろうか。

アレットはそれでもいいと思っていた。今、このように素敵な関係が築けているのだから。

「アレットを平凡だとは思わないが……あの日の夜会で、メイドとして働く姿を見たのがきっかけだ」

「え、夜会のときに？」

それはアレットにとって意外な答えだった。まさか働いている姿をリオネルに見られていたとは。そんなこと、露ほども思っていなかった。

「ああ。あのとき、自分が王太子というしがらみの多い立場でなかったら、アレットのような子と恋愛をして、結婚したいと思ったんだ。一目惚れだったのかもしれないな。だから酒と薬で我を忘れたとき、アレットを見て襲いかかってしまったのだろう……」

リオネルはまたあのときのことを悔いて申し訳なさそうな顔をしていたが、アレットは嬉しくてたまらなかった。

あんなに人の多い夜会でリオネルが自分のことを見て、好意を持ってくれていたなんて。

「嬉しいです。まさか、そんなときから私に気付いてくださっていたなんて、思いもしませんでした」

「あれほど人の多い夜会の中で、アレットだけが不思議と輝いて見えた。だからアレットの妊娠を知ったとき、不謹慎（ふきんしん）だが運命かもしれないと思ったよ」

「ふふふ、でも、そうだったのかもしれませんね」

たった一夜でがらりと変わったアレットの運命。

もしかしたらその運命は、二人の子供であるマティアスが引き寄せてくれたのかもしれないと、アレットは思うのだった。

産後初めての

ほのかな明かりがともった薄暗い寝室で、大きなベッドがぎしぎしと揺れている。

「あっ、あっ、リオネル様っ……！　ふっ、んん！」

リオネルはアレットを四つん這いにさせ、後ろから激しく攻め立てていた。

アレットはその激しさと快感の大きさに耐え切れず、肘をついて顔をベッドに伏せ、お尻だけ高く上げるような格好になっている。

「アレット、ごめん……。でも、ずっとこうしたかった」

リオネルはアレットに謝りつつも、抽挿の速度は緩めず、そのまろいお尻を見て恍惚とした表情を浮かべる。

どれだけこの日を待っただろうか。

飛びかけている理性を意志の力で引き戻さなければ、タガが外れてしまいそうだ。

そうでなくとも、すでにアレットにはかなり無理をさせている。

（でも、もう少し、もう少しだけ）

リオネルはアレットの背中に流れる長くて艶やかな黒髪をかき分ける。そして白くてきめ細かい肌に口付けながら、ここに至るまでのことを思い出すのだった。

それは出産後三か月ほど経ったある日の夜のこと。

いつものキスを終えたあと、アレットは瞳を情欲に濡らしてリオネルを見つめてきた。ただでさえ濃厚なキスによって高ぶっていたのに、そんな顔で見つめられたらたまったものではない。

リオネルは意図的に視線をそらし、心を落ち着けようとした。

そう、二人は産後まだ一度も性行為をしていなかったのだ。

産後一か月ほどで、普通に性生活を送っていいという話はドミニクから聞いた。きっとアレットも聞いているはずだ。

しかし、だからといってすぐに手を出すのは憚られた。だいぶ元気になったとはいえ、アレットはまだ産後の疲れを残していたし、何よりあの夜のことがあるので、リオネルは自分からアレットにそういったことを仕掛けることに後ろめたさがあった。

ドミニクに許可を得てから、リオネルは二か月ほど悶々と過ごした。

最初からできないと思っていれば我慢するのも容易いが、できるかもしれないと思うと、どうしても期待してしまうのだ。

今日もその気持ちをアレットに知られないように身体を離そうとしたのだが、そのとき、アレットが紅潮した顔をリオネルの胸にうずめてきた。

「リオネル様……。あの、もう大丈夫なので、もしよろしければ今日私を……」


——食べてください。


いつかと同じセリフ。

聞き取れるか聞き取れないかくらいの小さな声でそれを言ったアレットは、羞恥のためかなかなか顔を上げてくれない。

リオネルは自分の心臓がどくどくと音を立てるのを感じた。

「アレット、いいのか？　焦らなくてもいいよ」

リオネルはすぐにでもアレットを押し倒したい衝動を必死に抑えてそう言った。

強がりではあるが、これも本心だ。自分たちはもう結婚したのだし、これからもたっぷり時間はある。

「大丈夫です。私も、リオネル様に触れたい……」

そこまで言われては我慢できず、リオネルはアレットにもう一度口付けた。口付けながら夜着の中に手を忍び込ませ、アレットの脇腹や背中を撫でる。そのたびにアレットはぴくぴくと身体を震わせていた。

「俺もアレットに触れたくて、触れたくて、おかしくなりそうだった」

リオネルはアレットの額に自分の額をこつんと合わせ、彼女の黒い瞳を覗き込みながら呟いた。

アレットがその大きな瞳を潤ませて、こくこくと頷く。

リオネルは急かされるようにアレットの夜着を脱がせ、自分もシャツを脱いだ。そしてアレットをベッドの上に押し倒し、首筋に口付ける。

アレットからは石鹸のような清潔な香りがして、リオネルは自分本位に彼女を貪った日のことを思い出す。あのときもこの香りにあてられて、マタタビに酔った猫のようにくらくらとしたのだ。

「いい匂いがする、アレット……」

「んっ、今日は何もつけていませんよ？」

「アレット自身の匂いに、どうしようもなく惹きつけられるんだ」

リオネルは首筋から鎖骨に舌を這わせ、同時にアレットの胸に優しく触れる。そこは以前見たときよりもさらに大きくなっていて、荒々しく揉みしだいて吸いつきたい衝動に駆られる。だが……

「ここは今はマティアスのものだからやめておこう」

「ふふふ、そうですね」

残念そうに言うリオネルに、アレットはくすくすと笑った。

子供に乳をやるために大きくなった乳房は、強く刺激すればすぐに雫を垂らすだろう。きっとアレットは嫌がるだろうと、リオネルは断念した。

「でも、今だけだ。奴には貸しにしておく」

可愛い我が子だが、マティアスも男だ。アレットの乳房を独り占めされていると思うと、リオネルは穏やかではいられなかった。

強く愛撫できない代わりに、リオネルはアレットの乳房にきつく吸い付き、痕を残す。さらに乳輪に沿って舌を這わせて、その頂に優しくキスをした。

同時に腹を撫で、足の付け根に手を伸ばすと、アレットがまたぴくぴくと身体を震わせる。

下穿きを脱がせ、足の間に触れてみれば、すでに十分なほど潤んでいた。リオネルはそこに指をつぷりと潜り込ませる。

「ふっ……あっ……」

「痛くない？」

「だい、じょうぶです……」

「じゃあ、もう一本入れるよ」

アレットの膣内が指に馴染むと、リオネルは指を増やしてバラバラに動かす。

アレットの秘所からは絶え間なく蜜が溢れ出し、あっという間に二本の指を難なく受け入れるようになった。

ゆっくりと指を出し入れすると、そのたびにアレットが甘い声を漏らす。

リオネルはたまらず自身も下着を脱ぎ去った。リオネルの中心は今や痛いくらいに充血して、腹につきそうなほどいきり立っていた。

「アレット、ごめん、もう……」

自分でも急ぎすぎだとわかっている。けれど……

リオネルはもう、己の情欲を抑えることができなくなっていた。

先走りを垂らす剛直をアレットの秘所に当て、ぬるぬると蜜をまとわせる。

「リオネル様、私もっ……早くリオネル様が……欲しい」

「っ!!」

アレットの言葉に理性を焼き切られる。リオネルは自身をアレットの中へずちゅりと埋め込み、奥まで一気に貫いた。

「ああっ!!」

衝撃をやり過ごしているのか、アレットはきつく目をつむり、シーツをぎゅっと掴んでいる。

久しぶりに入ったアレットの中は、子供を産んだとは思えないほど狭かった。きゅうきゅうと搾り取られるような感覚に、リオネルは歯を食いしばって耐える。

「アレットが煽るから、我慢できなくなってしまった……」

「煽ってなんか……」

「いいや、アレットが悪い……」

アレットの何もかもが、リオネルをどうしようもなく煽るのだ。

リオネルはアレットの唇に自分のそれを重ね、深く口付ける。同時にアレットの花芽を刺激すると、彼女はくぐもった声を出しながら快感に震えた。

「リオネル様、リオネル様……!」

アレットはリオネルにしがみつき、快感を外に逃がそうと必死になっている。そんな彼女が可愛くて、リオネルは腰をゆるゆると動かし始めた。

引き抜こうとするたびに肉襞が剛直に絡みつき、えも言われぬ快感がリオネルを襲ってくる。

前回のようにすぐにでも達してしまいそうになるが、なんとか男の矜持を守ろうと耐え、蜜でぬれそぼった花芽をぐりぐりと指で転がしながら抽挿を繰り返した。

「あんっ！　ああっ……、リオネル様、私、もう……」

「俺も……！　アレット、中で出してもいい？」

「はいっ、中に、ください……！」

ひと際激しく腰を打ち付けると、リオネルはアレットの中でびゅくびゅくと精を吐き出した。

妊娠中にしたときは、膣内に精を出さないほうがいいというドミニクのアドバイスのもと、外に出しておいたのだ。

それでは満たされなかった欲求が今ようやく満たされて、リオネルは幸福の只中にいた。

荒くなった息を整えながらアレットに顔を寄せ、ちゅっちゅっと啄むようなキスをする。

ふにゃりと幸せそうに笑うアレットを見ていると、まだ彼女の中にある己の欲望が、再びむくむくと大きくなっていくのを感じた。

一度きりでは足りない。今まで散々我慢してきたのだ。もっともっとアレットを抱きたい。

次は後ろからしてみてもいいかもしれない。きっとアレットは恥ずかしがるだろうが、それもまた可愛らしいに決まっている。

「あの、リオネル様……？」

自分の中にあるものの異変に気が付いたのだろうか。アレットが不思議そうにリオネルを見つめた。

「アレット、もう一度しよう。まだまだ足りない」

「えっと……あのっ……その……」

ねだるように鼻をアレットの鼻や頬にすり付けると、彼女は少し困った顔をしつつもこくりと頷いてくれた。

「ありがとう。もっと気持ちよくしてあげるから」

リオネルは妖艶に笑うと、アレットの中から己の欲望を引き抜く。

するとアレットの蜜口からはとろとろと白い液体がこぼれ、その卑猥な光景にさらに興奮させられた。

まだ夜は更け始めたばかりだ。リオネルはこれからアレットをどう可愛がろうかと、普段は国政の無理難題を解決している優秀な頭脳を駆使して考えるのだった。

嬉しい誤算

書き下ろし番外編

マティアスを出産してから五年ほど経ったある日のこと。夕食の席でリオネルからある提案があった。

「今度ユリウスの家族と一緒にピクニックに行かないか?」

「まあ、ピクニック? 素敵ですね!」

王族は自由に外出できる機会が少ない。リオネルの正妃として不自由のない生活を送っているアレットだったが、ピクニックの誘いに胸を躍らせた。

「ユリウス叔父様のご家族と一緒ということは、レナルドと一緒にお出かけできるんですね! 嬉しいなあ」

マティアスもまた、ユリウスの息子であるレナルドと出かけられる滅多(めった)にない機会とあって満面の笑みだ。二人は同い年ではとこ同士ということもあり、普段から仲良くしている。

「マティアスもレナルドも、乗馬が上手くなってきただろう？　その腕試しもかねてな」

「それでは子供二人とリオネル様、ユリウス様は騎馬で行かれるのでしょうか。では、セレナ様は？」

セレナと自分は馬車だろうなとアレットは思ったのだが。

「セレナも久々に馬に乗るそうだよ。アレットは馬車でもいいし、いい機会だから練習してみてもいいんじゃないか？」

「私が……乗馬……」

アレットには乗馬の経験がない。しかも、アレットはお世辞にも運動神経がいいとは言えないのだ。正直自信がない。

「みんなで馬に乗っていったら楽しそうです！　母様、僕と練習しましょう！」

迷っていたアレットだったが、マティアスにキラキラとした目で見つめられると弱い。

リオネルにも馬を歩かせる程度ならすぐにできるなどと説得されて、アレットはひと月後のピクニックに向けて、次の公休日から乗馬レッスンを受けることになった。

「どうでしょうか……？」

休みの日。アレットは乗馬服に袖を通し、髪を高く結っていた。パンツスタイルは結婚してから初めてだ。侍女が着付けてくれたのだからおかしなところはないと思うが、落ち着かない気持ちでリオネルの前に姿を現した。

リオネルは一瞬目を見開くと、アレットに近付き、ぎゅっと抱きしめてきた。

「……そういう格好もなかなか似合うね」

「その少しの間が気になるのですが……」

「見慣れないから驚いた。いつもと違った可愛さがあって」

リオネルはくすっと笑うとアレットに口付ける。アレットが心地よい温もりに身を任せると、すぐにリオネルの舌が潜り込んできて、深い口付けに変わった。歯列をなぞられ、舌と舌が絡み合う。

(足に力が入らなくなりそう……)

アレットがそう思った瞬間、ドンドンと扉が力強くノックされたので、二人は慌てて身を離した。

「父様、母様、行きますよ！」

そう言いながら笑顔いっぱいのマティアスが部屋に飛び込んでくる。どうやら待ちきれなくなって迎えに来たらしい。

「ご、ごめんなさい。もう行くわね」

アレットとリオネルは急いで外に出た。

厩舎に行くと、馬丁によって三頭の馬が用意されていた。立派な体躯の黒馬はリオネルの愛馬でテオドール、可愛らしい仔馬はマティアスの愛馬でロランだ。この二頭はアレットも何度か見たことがあるので知っている。ということは……

「この子が私の相棒になるのかしら」

アレットは月毛の優しそうな目をした馬を見て、馬丁に問いかけた。

「はい、おとなしい牝馬をご用意しました。ミシェルといいます。可愛がってくださいませ」

馬丁が撫でるとミシェルは気持ちよさそうに目を細めた。

「ありがとう。ミシェル、よろしくね」

「うん、落ち着いているし、よさそうな馬だ。さあ、早速練習を始めようか」

リオネルの号令によって乗馬練習が始まった。


「なんだかすごく疲れたわ……」

二時間ほどの練習を終えて部屋に戻ってきたアレットは、ぐったりとソファの背にもたれるように座っていた。

「アレットは体力がないなあ」

リオネルはクスクス笑って、アレットに冷たい水を手渡した。

「こんなに体力を使うものだとは思っていなかったです」

二時間の練習といっても、まずは馬に慣れるためにミシェルを触ったり、餌をあげたり、手綱を引いてゆっくりと歩いたりということをした。一時間ほど触れ合って緊張感がほぐれたところでようやくミシェルの背にまたがったが、その後も何度か休憩を取った。だから実際に乗っていたのは三十分程度なのだが、それだけでこんなに疲れるとは。

アレットは情けない気持ちになっていた。

「初めのうちはしょうがないよ。次第に慣れてくるから心配ない」

リオネルはアレットの隣に座り、励ますように頭を撫でた。

「それに、自信なさそうにしていた割には筋はよかったよ。最後のほうは一人で乗れていたじゃないか」

「そうですね。思いのほか楽しかったので、次の練習も楽しみです」

疲れながらも朗らかに笑っていたアレットだったが、翌日手痛い洗礼を受けることになった。

普段使わない筋肉を酷使したからだろうか。しばらくの間はひどい筋肉痛に悩まされた。

　慣れない痛みは辛かったが、日頃運動不足のアレットにとっていい刺激になったのは間違いない。ミシェルをはじめ馬たちは可愛いし、馬上から見る景色はいつもより一段高く清々しい。

　アレットはすっかり乗馬が好きになり、その後も公休日はもちろん、暇を見つけてはミシェルのもとへ通い、練習をした。


　そしてピクニックの前夜。

　寝るにはまだ少し早い時間だが、アレットは本を読みながらソファでうとうとしていた。

「随分眠そうだけど、今日もミシェルのところに行っていたの？」

　バスルームから出てきたリオネルに声をかけられて、アレットはハッと目を覚ます。

「あっ、はい。でも、明日よろしくねって、餌をあげただけです。今日は来週行く孤児院へのお土産作りをしていたから少し疲れたのかも……」

「お疲れさま。明日はいよいよピクニックだし、今日は早く寝たら？　……本当は夜食にアレットをいただきたいところだったけどね」

リオネルはいたずらっぽく笑うと、アレットの首筋に顔を寄せ、すんすんと匂いを嗅ぐ。

「アレットの匂い、やっぱり落ち着く」

「恥ずかしいです……」

アレットは顔を赤らめる。リオネルが自分の匂いを好ましく思ってくれているのは知っているが、改めて匂いを嗅がれると恥ずかしい。

「実を言うと、ここ一か月ほどミシェルに嫉妬していたんだ。時間が空くとアレットがすぐにミシェルのところに行ってしまうから」

「私ったら自分のことばかりで、ごめんなさい」

確かにこの一か月はいつもより部屋を空けることも多かったし、疲れて早く眠ってしまうことも多かった。リオネルと最後にしたのは一週間ほど前だろうか。こんなに期間が空くのは珍しい。アレットは申し訳なくなり、眉を下げた。

「いや、夢中になれるものが見つかったのはいいことだ。だけど俺がアレット不足だっていうことも覚えておいて」

暗にピクニックが終わったら覚悟しておけと言っているのだろう。

それに対してアレットはこくりと頷いた。

「アレット、アレット」

翌朝、リオネルにゆさゆさと体を揺すられて、アレットは目を覚ました。

「ん……、あれ？　朝ですか？」

「そうだよ。早めに起きるって言っていただろ？　それとももう少し寝ておく？」

「あ、いえ、起きます！」

アレットは慌てて体を起こす。朝は強いはずなのに、今日に限って頭がはっきりしない。ベッドに座ったまま、しばらくの間ぼーっとしてしまった。

「寝起きが悪いのは珍しいね。どこか調子悪い？」

「大丈夫です。昨日の疲れが残っているのか、少し眠くて。でも、顔を洗えばシャキッとすると思います」

アレットはニコリと微笑んでリオネルを安心させると、身支度を整えるためにバスルームへ向かった。

顔を洗い、着替えを済ませた頃には眠気がおさまり、アレットはほっとした。今日は待ちに待ったピクニックの日なのだ。眠いなどと言っている場合ではない。朝食を済ませたあと、張り切って準備をして、リオネル、マティアスとともに外へ出た。

雲ひとつないいい天気で、ピクニック日和だった。

マティアスは嬉しくてしょうがないという様子で、ユリウスたち家族が待つ場所へ走って先に行ってしまった。

そんな様子を微笑ましく見ながら、リオネルとアレットも歩を進めた。

集合場所へ行くとユリウスとセレナ、ミシェルをはじめとした馬たち、そして従者が待っていた。ピクニックとはいえ、王族が揃って出かけるのだから自分たちだけというわけにはいかない。騎馬で護衛をする者もいるし、世話係の侍女たちや荷物を乗せた馬車も同行する。

マティアスとレナルドの二人は走り回って遊んでいる。

「リオネル兄さん、アレットさん、おはようございます」

ユリウスとセレナが挨拶に来た。セレナとは時々会っているアレットだが、ユリウスとは久しぶりだ。アレットが「お久しぶりです」と言うと、ユリウスは少し驚いた顔をした。

「ユリウス、どうかしたか?」

リオネルが問いかけると、ユリウスは少し逡巡してから口を開いた。

「アレットさんは今日、馬車で行かれますよね?」

「いや、今日のために乗馬の練習をしたんだ。馬で行くつもりなんだが……」

アレットもこくこくと力強く頷いた。

「ええ、馬の扱いはだいぶ上達したんですよ」

「そうですか。でも、今日は馬車に乗ることをお勧めします。アレットさん、おそらく妊娠していますよ」

アレットは驚きすぎて声にならない声を上げた。リオネルも珍しく声を出せずに固まっている。

「ああ、安心してください。妊娠のことを告げる前にきちんと結界を張ったので他の者には聞こえていませんよ」

アレットもリオネルも他人に聞かれることを恐れて言葉を失っていたわけではないのだが、相変わらずユリウスは飄々としていた。

「それはおめでたいことだわ！　でも、リオネル様もアレット様も気付いていらっしゃらないということは、まだ初期の初期なのかしら」

沈黙を破ったのはセレナだった。その言葉でアレットとリオネルはやっと自我を取り戻す。

「ほ、本当なのか？　俺はまったく気付いていなかった。アレットは？」

「私もまったく……。でも、そう言われてみれば、ここ数日やたらと眠かったような……」

「アレットさんのお腹にごくわずかですが、魔力を感じます。胎児のものでしょう」

ユリウスの言葉を聞いても、なおリオネルは信じられないといった顔をしていた。アレットと出会うまでの八年間、彼は世継ぎに恵まれなかったのだ。アレットとの間に子供ができたのは奇跡のようなものだと、マティアスが五歳になった今でも言っている。二人目ができるとは夢にも思っていなかったのだろう。

「リオネル様……」

アレットは反応のないリオネルの腕を取り、彼の顔を見上げた。アレットに向けられたエメラルドグリーンの瞳はわずかに潤んでいる。しばらく見つめ合ったあと、リオネルはアレットを優しく包み込むように抱きしめた。

「まさか俺に、これ以上の幸運が訪れるとは思っていなかった。アレット……ありがとう」

「私も、すごく、すごく嬉しいです」

アレットははにかみながらリオネルに身を寄せる。そして、ふとあることに気が付いた。

「ということはまた魔力を供給していただかなければならないのでしょうか……？」

これにはすぐにユリウスが、

「はい、必要です。アレットさんは前回、胎児の魔力にあてられて体調を崩されたのでしょう？　今回は早めにわかってよかったです。僕のほうでもまた魔力供給薬を準備しておきますから」

「頼む。ああ、でもいざというときの分だけで大丈夫だから、あまり数はいらないぞ」

「ええ、存じておりますよ」

真顔で行（おこな）われている二人の会話に、アレットは顔を赤くさせた。キスで魔力供給しているいることをユリウスに知られているのは、なんとも居心地が悪い。子供ができているのに今さらだとは思うが、恥ずかしいものは恥ずかしいのだ。

アレットはリオネルからピクニックには行かずに安静にしているようにお願いされたが、馬車に乗っていけば大丈夫だと押し切った。マティアスも自分もすごく楽しみにしていたし、今後、妊娠中でも馬車に乗る機会はたくさんあるはずだ。そう伝えたものの、リオネルは心配だから自分も馬車に同乗すると言い出し、用意していた馬車とは別に急遽リオネルとアレットが乗るための馬車を一台増やすことになった。

「もう、心配しすぎです……」

「大切な子供のためだ。心配してしすぎることはないよ。それに、馬車で二人きりになれば早速魔力が送れる」

そう言うが早いか、リオネルはアレットに口付ける。

久しぶりの魔力が流れ込む感覚に、アレットは無上の幸せを感じるのだった。

本書は、2017年11月当社より単行本として刊行されたものに書き下ろしを加えて文庫化したものです。


この作品に対する皆様のご意見・ご感想をお待ちしております。

おハガキ・お手紙は以下の宛先にお送りください。

【宛先】

〒150-6008 東京都渋谷区恵比寿4-20-3 恵比寿ガーデンプレイスタワー8F
（株）アルファポリス　書籍感想係

メールフォームでのご意見・ご感想は右のQRコードから、
あるいは以下のワードで検索をかけてください。

ご感想はこちらから

アルファポリス　書籍の感想　検索

レジーナ文庫

王太子様の子を産むためには

秋風からこ

2020年8月20日初版発行

文庫編集－斧木悠子・宮田可南子
編集長－太田鉄平
発行者－梶本雄介
発行所－株式会社アルファポリス
〒150-6008 東京都渋谷区恵比寿4-20-3 恵比寿ガーデンプレイスタワー8階
TEL 03-6277-1601（営業）　03-6277-1602（編集）
URL https://www.alphapolis.co.jp/
発売元－株式会社星雲社（共同出版社・流通責任出版社）
〒112-0005 東京都文京区水道1-3-30
TEL 03-3868-3275
装丁・本文イラスト－三浦ひらく
装丁デザイン－ansyyqdesign
印刷－中央精版印刷株式会社

価格はカバーに表示されてあります。

落丁乱丁の場合はアルファポリスまでご連絡ください。

送料は小社負担でお取り替えします。


ISBN978-4-434-27762-7 C0193